L'ARCOBALENO COLORATO DI BHOLU

Translated to Italian from the English version of
Bholu's Clourful Dreams

Geeta Rastogi

Ukiyoto Publishing

All global publishing rights are held by

Ukiyoto Publishing

Published in 2024

Content Copyright © Geeta Rastogi

ISBN 9789362697905

All rights reserved.
No part of this publication may be reproduced, transmitted, or stored in a retrieval system, in any form by any means, electronic, mechanical, photocopying, recording or otherwise, without the prior permission of the publisher.

The moral rights of the author have been asserted.

This is a work of fiction. Names, characters, businesses, places, events, locales, and incidents are either the products of the author's imagination or used in a fictitious manner. Any resemblance to actual persons, living or dead, or actual events is purely coincidental.

This book is sold subject to the condition that it shall not by way of trade or otherwise, be lent, resold, hired out or otherwise circulated, without the publisher's prior consent, in any form of binding or cover other than that in which it is published.

www.ukiyoto.com

Questo libro è dedicato al Signore GANESHA, il Dio dell'iniziazione.
e
Maa SARASWATI è la dea dell'educazione.

Prefazione

Siamo tutti fatti nell'officina della natura, così come siamo. Come si forma la nostra personalità e dove? A dire il vero, è un processo completo. Questo processo inizia nell'officina di Dio. In questo processo, i nostri genitori, gli insegnanti e la nostra educazione giocano un ruolo importante. Anche la nostra prospettiva è plasmata da tutti loro. Questo vale anche per me. La mia personalità e la mia prospettiva sono state influenzate in qualche modo dai miei genitori, dagli insegnanti, dagli amici e dai libri che ho letto con grande interesse. Descrivere in dettaglio l'intero processo di sviluppo della personalità non mi è possibile con nessun altro metodo. In questo contesto, vorrei condividere con voi una storia che ho letto in un libro, forse in una rivista chiamata "Akhanda Jyoti". Questa storia ha avuto un profondo impatto su di me, quindi la condivido con voi. C'era una volta, in una città, un ricco mercante. Aveva una ricchezza immensa. Un giorno si sentì divinamente ispirato a costruire un tempio in città. Così ha iniziato a cercare un abile scultore. Si dice: "Dove c'è una volontà, c'è un modo". Dopo qualche sforzo, trovò un abile scultore. Ora, allo scultore fu affidato il compito di creare un magnifico idolo di Dio, che doveva essere installato nel tempio. Lo scultore aveva bisogno di una pietra speciale per questo compito. Mentre si recava a cercarne uno, si imbatté in una grande pietra. Chiese alla pietra se accettava di essere scalpellata e scolpita nella forma di Dio. La pietra si spaventò e disse: "Perché dovrei sottopormi a tante difficoltà senza alcun vantaggio apparente? Cosa otterrò diventando l'idolo di Dio? Sono contento di essere qui così come sono. Cercate un'altra pietra". Lo scultore si spostò, alla ricerca di un'altra pietra. Dopo qualche tempo, lo scultore trovò un'altra pietra. Fece la stessa domanda e la pietra accettò di buon grado di essere scolpita nella forma di Dio. La pietra era entusiasta di avere l'opportunità di servire come idolo di Dio. Lo scultore, tuttavia, ricordò alla pietra che avrebbe dovuto affrontare un processo doloroso e rigoroso. La pietra rimase ferma nella sua decisione e diede il suo consenso. Lo scultore portò la pietra nel suo laboratorio e iniziò l'arduo compito di scalpellare e scolpire l'idolo. Ci ha lavorato con la massima dedizione e devozione. In pochi giorni l'idolo di Dio era pronto. A questo punto, il mercante doveva organizzare la consacrazione dell'idolo nel tempio e un sacerdote era chiamato a eseguire i rituali. Ora, il mercante doveva stabilire l'idolo di Dio nel tempio. Per questo, fu chiamato un sacerdote e fu fissata una data. Mentre l'idolo di Dio veniva installato nel tempio, il sacerdote si ricordò improvvisamente che era necessaria un'altra pietra. Ha informato il mercante Il mercante mandò subito un servo a prendere la pietra. Il servo trovò la stessa pietra che aveva rifiutato la proposta di diventare l'idolo del Dio dello scultore. Il servo non fece domande e portò la pietra al tempio, consegnandola al sacerdote. La pietra era posta proprio sotto l'idolo di Dio nel tempio, in modo che le noci di cocco offerte come prasad (offerta) potessero essere rotte su di essa. Una volta completata la consacrazione dell'idolo di Dio, tutti se ne andarono. Sola con la pietra che era diventata l'idolo di Dio, la pietra parlò: "Che fortuna hai trovato? Siete diventati Dio. La gente viene e si inchina davanti a voi. Ti adorano proprio come Dio. Io, invece, sopporto i colpi di martello giorno e notte. Che ingiustizia è questa nel mondo di Dio? Almeno qui la giustizia dovrebbe prevalere".

Allora la pietra che era diventata l'idolo di Dio disse all'altra pietra: "Forse hai dimenticato che un tempo la mia forma era proprio come la tua. Dopo aver sopportato innumerevoli scalpellate e martellate per molti giorni, sono arrivato a questo punto. Anche voi avreste potuto avere questa opportunità, ma quel giorno vi siete rifiutati di affrontare il doloroso processo. È per questo che oggi avete trovato questo posto, dove dovrete sottoporvi ogni giorno a un processo doloroso".

La conclusione della storia è che se noi, come esseri umani, accettiamo di essere costruiti nell'officina di Dio per tutta la vita, dobbiamo passare attraverso un processo doloroso che dura per qualche tempo. Al contrario, se facciamo le cose a modo nostro, evitando le difficoltà

di seguire le regole, dobbiamo sopportare delle difficoltà nel corso della nostra vita.

Miei cari lettori e amici, questa storia finisce qui. Mi è sempre piaciuto leggere storie. Ho letto molte storie fin dalla mia infanzia. La nostra scuola aveva anche una disposizione speciale per la lettura dei libri. Anche in biblioteca leggevamo molte storie. A tal fine, è stato deciso un giorno alla settimana per ogni classe. Inoltre, ai bambini sono stati dati libri da portare a casa per una settimana. Non solo, i libri sono stati forniti come ricompensa ai giovani lettori. È così che è cresciuto il mio amore per la lettura delle storie. E come risultato di questo hobby, nel tempo è nato in me un narratore. Oggi, con grande gioia, presento ai miei lettori la mia prima raccolta di racconti, soprattutto per bambini. Inoltre, anche i più anziani non saranno privati di godere del suo contenuto. Questa raccolta di storie è il culmine delle benedizioni dei miei genitori, del sostegno dei miei parenti e della grazia di Dio. Spero di ricevere il vostro pieno affetto attraverso questo libro.

- Geeta Rastogi 'Geetanjali' C-26, Railway Road Modinagar
201204 Distretto: Ghaziabad
(U.P.)India Mob : 8279798054
Email : geetarastogi26@gmail.com

Contenuti

Il cottage della madre	1
Il sentiero dell'onestà	4
Niranjana	7
Adorabile Gracie	10
Il segreto della vittoria	14
Le note melodiose	19
Nonna e Amisha	22
La doccia isolata	25
La ragazza coraggiosa	29
Il paese delle fate	33
Il Cigno d'oro	37
Storia della culla	42
L'invenzione di Veeru	45
La giornata del campione	50
L'arcobaleno colorato di Bholu	55
Shivalik	71
Sull'autore	*84*

Il cottage della madre

In un villaggio viveva una donna anziana di nome Sheetala. Aveva una casa molto grande a quel villaggio e viveva lì da sola. Sebbene Sheetala avesse molti figli, essi avevano le loro attività in diverse città del Paese e anche all'estero. Questo era il motivo per cui non potevano stare con lei nel villaggio per sempre. Nessuno dei suoi figli o delle sue figlie ha potuto vivere con la madre per sempre nel villaggio. Sheetala era una donna di ottima salute. Questo è stato il risultato della sua regolare routine quotidiana di tutto ciò che è stato fatto insieme alla meditazione. Il denaro non le mancava. Anche le sue esigenze erano limitate. Pertanto, il sostentamento non era un problema per lei. La sua casa aveva un ampio cortile e un giardino. Nel suo giardino c'erano numerosi alberi da frutto: mango, mora indiana, neem e cocco. Inoltre, nel suo giardino c'erano piante di zucca amara e di fagioli. Coltivava anche pomodori, peperoncini verdi, melanzane, cavolfiori, patate e coriandolo. Oltre a queste, aveva coltivato calendule, rose, girasoli e piante perenni, che aggiungevano bellezza al suo giardino. L'anziana Sheetala lavorava diligentemente nel suo giardino e si prendeva cura dei suoi alberi e delle sue piante. La sua routine quotidiana era molto coerente. Si svegliava prima dell'alba, ramazzava tutta la casa, si occupava delle faccende domestiche e poi adorava Dio. Poi accendeva i fornelli per prepararsi i pasti.

Sheetala gestiva un'industria di telai a mano in cui lavoravano anche alcune donne del quartiere. Hanno realizzato cesti, bouquet, stuoie e vari altri oggetti. Andare al mercato e venderli era un compito impegnativo, ma la gente del posto veniva a casa sua per acquistarli. La sera trascorreva il tempo nel suo giardino. Amava stare con le sue piante. Avrebbe preso nuove disposizioni e piantato nuovi alberelli in quel luogo. La cura delle piante, l'annaffiatura, l'aggiunta di fertilizzanti e la regolare diserbatura occupavano una parte significativa della sua giornata. Ogni giorno aveva un sacco di verdure e fiori dal suo giardino, e poi era costretta a pensare a come usarli. Se non se la sentiva di venderli, li regalava tutti gratuitamente alle donne che lavoravano nel suo cottage. Se qualcuno nel quartiere finiva le verdure, veniva a chiedere aiuto a Sheetala Mata. Non si è fatta scrupoli a condividere i suoi prodotti. Durante la stagione del jamun (mora indiana), i rami degli alberi di jamun erano carichi di frutti. Sceglierebbe il jamun per sé e li ha condivisi con tutti. Essiccava e macinava i semi di jamun per ottenere una medicina molto utile per il trattamento del diabete. Allo stesso modo, preparava medicine con foglie, corteccia e semi di neem. Una volta ha dato la sua medicina fatta in casa a un amico vicino e si è rivelata benefica. Lentamente, Sheetala Mata si guadagnò la fama di "Madre riparatrice" e le persone provenienti da lontano cominciarono a rivolgersi a lei per ottenere le medicine.

Come le ali del tempo, sono passati tanti anni. Sheetala Mata è cresciuta. Un giorno, uno dei suoi figli, insieme alla sua famiglia, si recò in visita a casa. Era entusiasta di vedere il figlio, la nuora, il nipote e la nipotina insieme a casa sua. È stata una piacevole sorpresa per lei. Il figlio, tuttavia, si rattristò nel vedere la vecchiaia e la solitudine della madre. Sentiva che non avrebbe più dovuto vivere da sola. Sarebbe meraviglioso se questa volta potesse venire con loro anche all'estero e rimanervi per sempre. Sarebbe un grande piacere avere una famiglia completa e nessuno si sentirà solo. Esprime il suo pensiero alla madre: "Mamma, anche tu dovresti accompagnarci questa volta. Vi piacerà stare con noi, con i vostri figli. Ci farà sentire felici e potremo anche prenderci cura di voi".

La madre era molto contenta di sapere che il figlio era preoccupato per lei e che voleva la sua presenza permanente a casa sua. Anche allora, a causa del suo grande attaccamento al luogo natio, alla sua casa e al suo giardino, non poteva accettare la proposta di lasciare il villaggio e di fare dell'estero la sua casa permanente.

La sua attuale casa le dava un senso di paradiso. Così ha preferito rimanere fedele alla sua vecchia routine e al suo stile di vita. Così, il figlio non ha avuto altra scelta che tornare dalla sua famiglia all'estero. Sheetala Mata continuò la sua solita routine quotidiana, soddisfatta del suo luogo natale, del suo villaggio, della sua casa, del suo giardino e del verde della natura.

Il sentiero dell'onestà

Pragati era una ragazza intelligente. Ha studiato in terza media.

Era di natura umile e molto acuta. Era tra le più intelligenti della sua classe. Nello sport non è mai rimasta indietro. Che si trattasse di giocare a cricket nel quartiere o di partecipare agli eventi sportivi della scuola, era sempre una partecipante attiva. La sua famiglia, i vicini e i parenti l'hanno sempre elogiata.

Poiché era una ragazza di buon cuore, a volte i bambini della sua classe cercavano di approfittarsi di lei. Sia che si trattasse di verifiche in classe o di esami, i bambini intorno a lei cercavano sempre di sbirciare nella sua copia e le chiedevano di aiutarli in modo sleale. Poiché è necessario seguire le regole durante l'esame, i sorveglianti hanno cercato di mantenere una rigida disciplina nelle sale d'esame. Gli studenti continuerebbero a

iniziare a conversare tra loro una volta che gli insegnanti si erano allontanati dalla vista. Durante gli esami sono sempre vietate le conversazioni inutili. Secondo il sistema d'esame, questo è generalmente considerato come l'utilizzo di mezzi sleali. Tuttavia, ogni studente non conosce l'importanza delle regole e non le segue rigorosamente. Pragati aveva l'abitudine di preparare correttamente l'intero programma per l'esame e non ha mai cercato assistenza inopportuna. Agli altri bambini non piaceva questo suo approccio onesto. Cercavano di comunicare attraverso i gesti e a volte portavano anche materiale copiato da casa. C'era una squadra volante che appariva all'improvviso e catturava coloro che copiavano le risposte e tentavano di imbrogliare. Una volta che l'esame di storia era in corso. Quel giorno, la classe di Pragati era sorvegliata dalla signora Sanskriti. Aveva già annunciato, quando l'esame stava per iniziare, che ogni studente doveva rispettare le regole della scuola e anche quelle dell'esame. Se uno studente viene trovato in possesso di qualsiasi tipo di materiale per imbrogliare, sarà punito. Se hanno portato qualcosa per errore, devono consegnarlo all'assistente o gettarlo silenziosamente nella pattumiera. L'esame è iniziato e tutti erano impegnati a finire i loro compiti in tempo. Chi era impreparato guardava qua e là e cercava di provare nuovi trucchi, se possibile. Dopo poco tempo è apparsa la squadra volante. Hanno controllato le tasche degli studenti e le loro valigie di geometria. Alcuni studenti erano molto nervosi e pregavano Dio: "Ti prego, salvami oggi". In futuro verrò sempre preparato".

Non appena la squadra volante ha lasciato la stanza, tutti si sono sentiti a proprio agio. L'insegnante ha dato istruzioni agli esaminandi di terminare il loro lavoro in tempo, perché non avrebbero avuto a disposizione con un po' di tempo in più. L'insegnante faceva continuamente il giro della classe. Quando si avvicinò a Pragati, si alzò e disse all'insegnante che voleva parlarle. Aveva portato alcune risposte scritte su piccoli pezzi di carta che non potevano essere colti dagli occhi degli insegnanti. Anche allora consegnò tutte quelle cose alla maestra Sanskriti e le chiese di perdonarla. Ha promesso di non ripetere l'errore in futuro.

L'insegnante era piuttosto stupito. Non riusciva a credere ai suoi occhi, perché era successo l'incredibile. È stata anche ferita da un'azione sbagliata compiuta da uno dei suoi studenti più intelligenti e svegli. È stata un'esperienza sconvolgente per lei. Anche allora le permise di sedersi al suo posto e di completare il suo compito d'esame.

Una volta terminato l'esame, chiamò Pragati nella sala del personale e le chiese perché avesse fatto un lavoro così scadente. Perché ha fatto un'azione che non ci si aspetta nemmeno dai pazzi. Pragati se ne vergognava. Si è scusata per l'errore commesso per sbaglio e ha promesso di non ripeterlo in futuro.

"Perché l'hai fatto, Pragati? Non potevo nemmeno immaginare che puoi farlo?" L'insegnante Sanskriti chiese.

Il poveretto non riusciva a parlare molto.

Quando fu costretta a parlare, raccontò che a causa della sua malattia si sentiva nervosa e aveva perso la fiducia in se stessa. Pensava di non riuscire a superare gli esami e di essere ridicolizzata in classe e a casa.

"Oh, mia cara! Si sente bene, in questo momento?" "Sì, signora".

"Sei molto intelligente e anche saggio. Non dovete aver perso la fiducia in voi stessi. Anche in questo caso sono colpito dal vostro comportamento onesto. Se seguite sempre la strada dell'onestà nella vita, vi eleverete sempre e mostrerete risultati eccellenti in ogni esame della vostra vita. La vita è come un gioco. Vincere e perdere non significa molto. La cosa più importante di tutte è prendersi cura dei valori e cercare di seguire sempre la strada giusta. Sei una brava ragazza. Vi auguro di avere successo e un futuro brillante".

Tutti noi, in un momento o nell'altro, ci siamo trovati nella situazione in cui si trovava Pragati nella storia. A volte siamo confusi su quale strada dobbiamo percorrere, perché la strada sbagliata sembra sempre facile. Pertanto, maggiori sono le possibilità di andare in quella direzione. Anche in questo caso dobbiamo seguire la strada dell'onestà, perché a lungo andare porterà risultati migliori.

Niranjana

Quando Niranjana e suo fratello Nikhil sono scesi dallo scuolabus, sono entrati nella scuola cancello. Percorrendo i lunghi corridoi della scuola, entrambi si recarono nella classe di Nikhil. Lasciandolo in classe, si precipitò nella sua. Arrivata lì, posò la borsa sul sedile e salutò i suoi amici che erano già lì con affetto. Niranjana sempre è arrivata a scuola un po' prima dell'orario stabilito  perché il suo autobus l'ha prelevata dalla fermata più vicina al primo turno. I bambini arrivati nel secondo turno in genere raggiungevano la scuola un po' più tardi rispetto ai primi. Prima della preghiera mattutina, ha chiacchierato con le amiche e poi è andata dall'insegnante per chiedere se c'era qualche compito da svolgere da parte sua. Shalini era la sua più cara e intima amica. Le assicurava un posto a sedere e la assisteva in ogni compito.

Anche oggi è uscita con Shalini per trovare l'insegnante che stava conducendo l'assemblea di preghiera.

"Guarda, Shalini! La nostra signora Pragya sta arrivando. Andiamo a chiederle se ci dà il registro delle presenze della nostra classe. Sembra sovraccarica di tante cose che tiene in mano.

"Vieni, andiamo a prenderlo", e così dicendo i due amici iniziarono a muoversi nella direzione da cui si stava avvicinando la signora Pragya.

"Buongiorno, signora", la salutarono con rispetto.

"Buongiorno, bambini. Come stai?" La signora ha sorriso. "Signora, grazie alle sue benedizioni, stiamo bene".

"Signora, se non le dispiace, possiamo portare il registro delle presenze in classe? Signora, per favore. Dallo a noi. Lo terremo in classe. Per favore, signora", le chiesero e attesero la sua risposta.

La signora sorrise e senza indugio consegnò il registro a Shalini. Le ragazze si sono sentite ammirate e si sono avvicinate con piacere alla loro classe.

Ora i due amici stavano aspettando che il loro rispettato insegnante entrasse in classe. Quando la signora è arrivata, tutti i bambini si sono alzati e l'hanno salutata. La signora li ha benedetti e ha chiesto loro di sedersi. A quel punto, la signora chiamò Shalini e Niranjana per dare alcune indicazioni. All'improvviso suonò la campana. Ora era il momento della preghiera. Tutti gli studenti si sono messi in fila per partecipare all'assemblea di preghiera.

Shalini e Niranjana avevano già raggiunto la sala della preghiera prima degli altri. Lì hanno individuato la signora Sunila, che si occupa dei programmi per i bambini. Erano presenti anche altri bambini. Le stavano parlando della loro prestazione di quel giorno. Quando l'insegnante ha notato le ragazze in piedi, le ha guidate a fare lo stesso.

"Volete presentare qualcosa nell'assemblea di preghiera di oggi?"

"Sì, signora. Racconterò una storia", rispose Niranjana. Sembrava molto felice in questo momento.

"E io reciterò una poesia", rispose Shalini.

"Va bene, annoterò i vostri nomi. Ricorda bene tutto? Fammi sentire una volta", ha chiesto la signora Sunila. Entrambe le ragazze erano piuttosto attive e intelligenti. Le loro presentazioni sono state ben accolte. Niranjana ha condiviso una storia che sua nonna le aveva raccontato ieri sera. Si trattava solo di una prova per lo spettacolo vero e proprio.

Tutti i bambini si erano ormai riuniti nell'auditorium. Come di consueto, si è svolta una preghiera collettiva. Con gli strumenti musicali che accompagnavano le dolci melodie della preghiera, sembrava che le corde dei cuori si stingessero. Dopo la preghiera, i bambini hanno presentato programmi culturali. Niranjana ha raccontato la storia di un ladro che, grazie alla sua abitudine di dire la verità, è diventato ministro di una corte reale. Tutti i bambini e gli insegnanti hanno applaudito a gran voce.

Oggi Niranjana era molto felice. Decise di studiare diligentemente e di fare qualcosa della sua vita. Non avrebbe mai dimenticato di rispettare gli anziani.

Nel pomeriggio, quando la scuola finì, tutti salirono sullo scuolabus e arrivarono alla loro fermata. La madre li aspettava con impazienza. Sulla strada di casa, Nikhil e Niranjana stavano raccontando tutte le attività scolastiche alla madre, che ascoltava attentamente, camminando mano nella mano con i bambini verso casa.

Adorabile Gracie

Gracie era un adorabile ragazzo di otto anni. Era un tipo birichino.

Studiava nella classe quarta e anche lui stava crescendo. Come la maggior parte dei bambini della sua età, era poco interessato agli studi e più ai giocattoli e ai giochi. Amava anche girovagare qua e là e perdeva tempo a fare cose stupide.

Aveva un amico di nome Siddhi, che frequentava la stessa classe. Le case di questi due ragazzi non erano lontane l'una dall'altra. Gracie voleva giocare con Siddhi tutto il giorno. Ma a Siddhi non è stato permesso di farlo senza il permesso della madre. La condizione era che prima doveva finire i compiti. La stessa situazione si è verificata a scuola. Siddhi prestava maggiore attenzione agli studi, mentre Gracie cercava sempre qualcuno con cui giocare. Quando non trovava nessuno, giocava con l'eraser o con la bilancia.

A volte veniva rimproverato anche dagli insegnanti. Cosa possa provare questo povero creatore è difficile da descrivere a parole.

Anche a casa, molto spesso doveva giocare da solo. Quando si annoiava a lungo, bussava alla porta della casa di Siddhi, che era proprio quella accanto.

"Siddhi, Siddhi, vieni fuori. Giocheremo insieme". "No, ho molti compiti da fare."

"Anch'io ho dei compiti da fare. E poi? Non dovremmo giocare?"

Non mi piace studiare tutto il tempo. Ti piace?"

"Anche se non mi piace, so che prima devo farlo. Mamma mi ha detto: "Prima studia, poi gioca".

"Oh! No Siddhi . Non si può rifiutare in questo modo. Come si può fare. Non sei un mio amico? Andiamo. Giochiamo per primi. Tenete da parte i compiti. Fatelo più tardi. Ho anche molti compiti da fare a casa. Tuttavia, non mi interessa. Lo farò più tardi".

"No, no. Non è giusto. Lo si fa dopo. Ora tornate a casa e giocate lì. Vi prego di scusarmi. Se non mi piace essere punito a scuola".

Sentendo questo, Gracie si rattristò. Ma non aveva scelta. Ha preso il sentiero che porta a casa sua. Quando Siddhi ebbe finito i compiti, andò a casa di Riddhi, che si trovava anch'essa nelle vicinanze. Siddhi portava con sé la sua bella bambola e altri giocattoli. Riddhi aveva un cortile in casa. Hanno giocato a lungo lì, poi sono andati verso il giardino e hanno giocato all'ombra degli alberi. Riddhi e Siddhi si sono divertite a giocare al gioco della casa. Hanno fatto vasi di argilla e giocavano con loro. Poi il giorno ha fatto una falsa cucina e ha cucinato il cibo. Dopo essersi comportate come le loro mamme, quando si stancano, mentre stavano pensando di impacchettare il gioco, Gracie si è unita a loro. Voleva giocare con loro. Poi i tre progettarono di iniziare un nuovo gioco che era il Gioco della Scuola. Siddhi ha quindi agito come insegnante, mentre gli altri dovevano diventare studenti. Hanno giocato e si sono divertiti molto.

Siddhi ha portato il suo quaderno ruvido e ha scritto i nomi degli studenti che recitano. La partecipazione è stata adeguata e poi sono proseguiti gli studi abituali. Prima c'era la classe di matematica e poi quella di hindi. Dopo che gli studenti hanno completato i loro scritti, l'insegnante Siddhi ha fatto il lavoro di correzione e ha consegnato loro i quaderni. I bambini si sono divertiti molto. Il sole stava per tramontare e le loro madri li richiamarono a casa. I bambini sono stati costretti a tornare indietro.

I bambini hanno un mondo tutto loro. Sono creature adorabili. Si divertono in diversi modi e vogliono rimanere lì per sempre. Tali le persone erano Gracie, Siddhi e Riddhi.

A casa, Gracie non aveva nessuno con cui giocare. Giocava da solo. Alla sorella maggiore non piaceva affatto giocare con lui. Quando lui insisteva per giocare con lei, lei iniziava a insegnarglielo. Questo ha reso Gracie molto annoiata.

Il padre di Gracie doveva lavorare in un ufficio molto lontano dalla città. Doveva rimanere lì e tornava a casa solo nei fine settimana. Anche sua madre è una lavoratrice. Si recava anche al lavoro tutti i giorni. Quando è tornata a casa, si è occupata delle faccende domestiche.

Gracie insisteva perché gli raccontasse una storia e lei spesso inventava scuse per evitarlo. Gracie si arrabbiava molto per tutto questo. A volte si arrabbiava, non parlava con nessuno. Ma non riuscì a mostrare la sua rabbia per molto tempo. Poi tutti si sono divertiti e sono scoppiati a ridere. La sorella di Gracie aiutava la madre al lavoro. Poi si sono divertiti a guardare qualche film a cartoni animati o qualsiasi cosa interessante in TV.

Anche Gracie era una buongustaia. Amava mangiare una varietà di piatti gustosi. Dopo poco tempo ha sentito fame. Di solito accadeva dopo brevi intervalli di tempo e costringeva ad andare in cucina per cercare qualcosa da mangiare. Mangiava tutti i cioccolatini conservati in frigorifero. Quando venivano conservati sia i cioccolatini che la frutta, non guardava nemmeno la frutta. Una volta è successa la stessa cosa. Gracie aveva voglia di mangiare qualcosa. "Cosa mangiare e a chi chiedere? Poiché la madre è malata, devo gestire le cose da sola. Andiamo Gracie". Pensò. "Devo trovare qualcosa di sicuro in cucina". Pensando questo, aprì il frigorifero.

"Oh no! Il frigorifero è vuoto. Come può essere possibile?" Anche lui era sorpreso e triste. Non si arrese e continuò a cercare in ogni scaffale e contenitore. E i suoi sforzi non sono stati vani. C'era qualcosa. "Ho qualcosa che vale mangiare?" Aprì un contenitore e assaggiò qualcosa che sembrava sale.

"Oh sì. È il più gustoso". Era un contenitore pieno di glucosio. Si è seduto con il contenitore e il cucchiaio e ha mangiato volentieri.

Ormai era diventata una routine quotidiana nutrirsi con il glucosio, dato che la mamma ne aveva conservato molto in magazzino. Nel giro di pochi giorni, le scorte si sono gradualmente esaurite. Allora la povera Gracie si trovò in difficoltà. Ogni volta che sentiva fame, non riusciva a trovare nulla da mangiare. Andava ripetutamente in cucina a frugare in tutte le scatole. Ma non sono riuscito a trovare altro.

Molte cose devono essere conservate in cucina, poiché è molto difficile per una madre che lavora correre al mercato ogni momento.

Un giorno anche sua madre ebbe bisogno di un po' di acqua di glucosio. Ha chiesto a suo figlio Gracie di portarlo. Ma lui ha rifiutato. Quando lei stessa andò in cucina e cercò i contenitori del glucosio, non riuscì a trovare nemmeno un chicco.

"Gracie, Gracie, vieni qui! C'era molto glucosio immagazzinato qui. Dove si trova ora?"

"Ho mangiato tutto, mamma. Mi sentivo molto affamato".

"Va bene. Ma deve essere rimasto qualcosa. Cercatelo e portane un po' anche per me".

"No, mamma. Non è rimasto nulla. Ho cercato ovunque accuratamente".

"Figliolo, c'era uno stock abbastanza grande. Sei contenitori da un chilogrammo ciascuno. Come hai potuto mangiare così tanto glucosio?"

Poi Gracie era mamma. Ha abbassato la testa. La mamma guardò la figlia che si trovava anch'essa nelle vicinanze. Stava sorridendo. La rabbia della mamma evaporò e non riuscì a gridargli contro, ma rise del suo viso innocente.

"Era pane e burro? Chi mangia glucosio in così grande quantità? E quando è stato finito, perché non me l'hai detto? Ora capisco cosa ti è successo. Perché stai ingrassando in questi giorni. Dovresti mangiare della frutta".

"Mamma, non hai portato la frutta. Cosa posso fare? Avevo molta, molta fame. Mi dici cosa avrei dovuto mangiare?"

"Oh, potevi andare al mercato e prenderti la frutta da solo, no?" Poi abbracciò il figlio con amore e gli disse: "Vieni con me". Andremo al mercato e compreremo alcuni beni di prima necessità. Imparerai anche a fare la spesa, in modo da poterti prendere cura di tua madre quando è malata e non soffrire la fame".

Poi andarono tutti e tre al mercato e fecero molti acquisti. Hanno portato l'essenziale per la cucina, il riso, i legumi e lo zucchero. Poi hanno comprato cioccolatini, gelati e frutta. Tornarono a casa felici. Ora Gracie si sentiva molto felice.

Il segreto della vittoria

Le sue dita scorrevano continuamente sullo schermo del cellulare. Si sentiva come un re di una dinastia. Il re non solo di nome, ma il modo regale di vivere e di fare tutto ciò che voleva, rendeva il ragazzo di nome Raja come un vero re o un principe.

Raja era un ragazzo di quindici anni. A causa delle eccessive coccole, aveva sviluppato alcune cattive abitudini.

Nella sua natura ed era diventato un ragazzo pigro.

Si svegliava tardi la mattina. Non appena si svegliava, prendeva il cellulare in modo automatico e iniziava a scorrerlo. O giocava ai videogiochi o chiacchierava con gli amici. In realtà era come se avesse sviluppato una dipendenza da cellulare. Lo smartphone era come un amico veloce con il quale voleva rimanere sempre.

"Raja, o Raja? Dove sei?", gridò la madre mentre lo smartphone giaceva sul tavolo della sua stanza.

"Sono sorpreso. Come il telefono di mio figlio è solo? Deve essere impegnato in bagno e da nessun'altra parte". La madre era preoccupata.

Aveva ragione. Raja era in bagno. Quando aprì la porta, entrò in cucina e chiese un bicchiere d'acqua.

"Oh, il Raja Sahib è arrivato. I servi devono essere lì per servirlo". Ha schernito.

Raja non rispose. Sapeva che sua madre era arrabbiata. Prese un bicchiere, lo riempì d'acqua e bevve. Ora era soddisfatto.

Tornò in camera sua e si stese di nuovo sul letto. Dopo essere rimasto sdraiato per un po', ha ripreso in mano il cellulare e ha iniziato a giocare. Ha trascorso l'intera giornata con esso e non ha chiesto nient'altro.

Era ormai pomeriggio. La madre lo ha chiamato.

"Raja, o Raja. Esci e raggiungici al tavolo da pranzo". "No, sto bene qui".

"Hai intenzione di fare un digiuno oggi? Se no, vieni fuori a mangiare qualcosa". Ha detto.

Ma Raja non mi ascoltò. Era ancora con il telefono.

Anche se si sentiva stanco e anche affamato. Anche allora non voleva uscire dalla sua stanza. Rimase seduto con gli occhi chiusi per qualche minuto, sostenendo del suo cuscino. Aveva fame. Anche i suoi occhi avevano un leggero dolore a causa del continuo fissare lo schermo del cellulare. Aveva messo in pausa il gioco che stava facendo. Sapeva che sua madre sarebbe apparsa con un piatto pieno di cibo gustoso. Ed è successa la stessa cosa. Si è goduto il sapore del cibo caldo e sfrigolante.

Ora era il momento di dormire. Chiuse gli occhi per un breve momento. Tenendo il cellulare in mano, dormiva. Quando la madre lo vide dormire in questa posizione, gli tolse lo smartphone di mano e lo lasciò dormire comodamente.

A causa della sua disattenzione e del continuo guardare lo schermo del telefono, la vista di Raja si è indebolita e ha iniziato a sentire mal di testa per la maggior parte del tempo. Il problema non poteva essere nascosto ai genitori, che hanno ritenuto necessario consultare un oculista. Il medico fece un esame della vista a Raja e gli suggerì di indossare degli occhiali adatti. Un detto dice: il tempo e la marea non aspettano nessuno. Lentamente il tempo passò e arrivò l'esame di metà anno.

In realtà Raja non frequentava regolarmente la scuola. Ha perso la maggior parte delle lezioni a causa della sua dipendenza dallo smartphone. Non appena Raja è venuto a conoscenza del datario da uno dei suoi amici, si è preoccupato. Il giorno dopo si è recato a scuola per seguire le lezioni regolari.

"Ora Raja, cosa farai? Si ha a disposizione un periodo di tempo molto breve che sembra coprire l'intero programma". Ha iniziato a parlare da solo. Era davvero preoccupato e si rendeva conto dell'errore di aver perso tempo. Ora un grande obiettivo era davanti a lui e non riusciva a capire cosa fare in quel momento. Non aveva mai preso sul serio gli studi. E la sua amicizia con il telefono cellulare gli ha creato un problema. In ogni caso, non era pronto ad arrendersi. Decise di lavorare sodo e di vincere la battaglia. Non era troppo sicuro di sé, ma si era ripromesso di migliorare. A questo proposito, gli amici e gli insegnanti lo hanno aiutato. È riuscito a completare rapidamente tutte le lezioni e i compiti e li ha mostrati ai rispettivi insegnanti. Poi ha dovuto studiare tutto a fondo e memorizzare. A causa dell'abbondanza del programma e della scarsità di tempo, Raja non riusciva nemmeno a dormire bene.

Il giorno del suo primo esame, raggiunse la sala d'esame e si sedette. Pregò Dio chiudendo gli occhi per un po'. Quando il foglio delle domande è apparso sul suo tavolo, per un attimo è stato sul punto di svenire perché non riusciva a ricordare con chiarezza ciò che aveva studiato e imparato a casa. Tutte le risposte alle domande si confondono nella sua mente. In ogni caso, doveva scrivere qualcosa perché non poteva lasciare il foglio delle risposte in bianco. Ha scritto la maggior parte delle risposte sbagliate. Dopo aver consegnato il foglio delle risposte all'esaminatore, è tornato a casa sua. Si sentiva molto triste. Inoltre, poteva immaginare la sua posizione negli esami imminenti. In ogni caso doveva fare bene al suo livello migliore. Al termine dell'esame, si sentiva rilassato. Poi arrivò il giorno dell'annuncio dei risultati dell'esame e Raja ottenne un punteggio inferiore a quello che si aspettava. Anche i suoi genitori non erano soddisfatti della sua prestazione.

Qualche mese dopo, Raja dovette presentarsi agli esami di maturità. I genitori di Raja decisero di aiutarlo negli studi perché pensavano che non avrebbe potuto farcela senza il loro aiuto.

Un giorno il padre di Raja lo chiamò per parlare dei suoi studi?

Mi disse: "Figlio, visto che hai visto i tuoi risultati nel medio termine, quali strategie hai pianificato per superare i pre-consigli e i consigli di amministrazione"? Avrete sicuramente riflettuto su questo

? È il momento giusto per parlare di queste cose con te?"

Raja non riuscì a rispondere. Ha taciuto. Si è anche reso conto degli errori commessi in passato e della necessità di un lavoro duro e pianificato per il futuro.

"Che cosa avete ottenuto spendendo il vostro tempo con questo smartphone? Avete dedicato il vostro futuro a questo dispositivo. Ora vai e resta con lui".

"No, padre. So di aver sbagliato".

"Allora cosa hai deciso per il futuro".

"Non mi attaccherò più a questo smartphone. Se lo facessi, fallirei. E non sono pronto ad accogliere il fallimento. Ho quindi deciso di impegnarmi al massimo negli studi. Farò una tabella di marcia e la rispetterò. Ti prego, perdonami padre per i miei precedenti errori". L'orgoglio di Raja si risvegliò sentendo le parole del padre. Mi ha detto: "Papà, ti prometto che studierò diligentemente e che dimostrerò la mia eccellenza agli esami del consiglio. Ti prego, benedici anche me e guidami".

"Ricorda Raja, nulla è impossibile in questo mondo. Una volta deciso di vincere, la scelta è azzeccata. La cosa successiva è avere un piano e rispettarlo. È necessario il vostro impegno sincero. Le mie benedizioni sono sempre con voi".

Da quel giorno Raja cambiò la sua routine. Ha creato un programma fisso da seguire. Ha dedicato poco tempo all'intrattenimento e nessun tempo ai videogiochi. Ha usato il suo smartphone anche per i suoi studi. In questo modo, Raja si è preparato agli esami con grande impegno. Quando si recò nella sala d'esame, non ebbe alcuna paura. Questa volta è stato bravo e ha risposto alla maggior parte delle domande nel modo giusto.

Tutti gli studenti erano in trepidante attesa dei risultati. Quando furono annunciati i risultati degli esami, tutti rimasero a bocca aperta. Il duro lavoro di Raja aveva dato i suoi frutti. Si è assicurato la prima posizione nella sua classe. Gli insegnanti gli hanno dato una pacca sulla spalla e gli amici lo hanno elogiato. I genitori di Raja lo abbracciano, lo riempiono di affetto e lo benedicono.

In realtà Raja è stato molto intelligente fin dall'inizio. Per questo motivo è diventato un po' sbadato e troppo sicuro di sé. Poi lo smartphone è entrato nella sua vita e ha creato molti problemi di studio e di salute. Quindi, cari figli, la maggior parte delle volte vi capiterà di trovarvi in una situazione simile nella vita. Allora dovete essere consapevoli del fatto che non esiste la possibilità di lavorare sodo. E se si investe regolarmente il proprio tempo nello studio fin dall'inizio, non si ha la sensazione di dover lavorare troppo. Gli studi possono diventare molto interessanti. È possibile dedicare un po' di tempo anche ai giochi e all'intrattenimento.

Pianificazione e duro lavoro sono i segreti del successo. Anche Raja aveva imparato la lezione.

Le note melodiose

Noni e Neenu erano migliori amiche. Entrambi erano adolescenti, intorno ai quindici o sedici anni.

Hanno studiato insieme fin dall'infanzia. Anche il legame di amicizia tra i due si rafforzava di giorno in giorno. Le case in cui vivevano le ragazze di troppo non erano così vicini l'uno all'altro. Erano molto distanti e in due località diverse. Poiché studiavano nella stessa scuola e condividevano anche la stessa classe, avevano abbastanza tempo da trascorrere insieme. Le due ragazze frequentavano la nona classe. Entrambi erano sinceri e si aiutavano a vicenda negli studi. Noni era leggermente più alta e robusta, mentre Neenu era esile e aveva un aspetto ordinario. In realtà l'aspetto non è sinonimo di personalità, poiché la personalità complessiva di una persona è una combinazione di varie qualità, attitudini e valori morali. Non possiamo quindi giudicare le persone solo in base al loro aspetto.

Sappiamo tutti che la vera amicizia è un dono di Dio. Le persone fortunate sono dotate di questo dono prezioso. I veri amici spesso si completano a vicenda. Ogni essere umano ha dei difetti e nessuno è perfetto. Ogni persona commette molti errori nella propria vita. Nessuno degli esseri umani è perfetto in questo mondo. Tutti noi abbiamo qualche difetto o altro. Inoltre, avere amici fedeli ci fa sentire perfetti senza fare sforzi particolari.

L'amicizia tra Noni e Neenu era così. Quando una delle due era costretta ad assentarsi da scuola, l'altra l'aiutava a completare tutti i compiti in classe e a casa per quel giorno. Si sono aiutati a vicenda. Per questo motivo, entrambi si sono distinti negli studi.

Noni era appassionata di musica. Le piaceva anche cantare. Ogni volta che ci provava sentiva di non riuscire a cantare bene. D'altra parte, Neenu cantava un po'. Un giorno, mentre Neenu canticchiava una canzone, questo segreto fu rivelato alla sua amica Noni. L'ha apprezzata. Si sentiva triste perché la sua voce non era così buona e non era in grado di cantare bene. Poi decise che avrebbe ascoltato la sua amica e avrebbe cercato di imparare a cantare. Chiede a Neenu di insegnarle, ma Neenu stessa non è un'insegnante perfetta. Ha detto: "Perché non dovremmo parlare con i nostri genitori a questo proposito? Potrebbero organizzare un corso di musica per entrambi, perché anch'io ho bisogno di imparare molto. Non sono molto bravo con la musica".

Noni capì cosa intendeva dire la sua amica. Le disse che sarebbe andata a casa di Neenu la domenica successiva. Neenu era felice. Ha raccontato la conversazione completa avvenuta tra gli amici e anche il suo desiderio.

I bambini sono creature molto innocenti. Sono molto chiari e puliti a livello di coscienza. Non hanno l'abitudine di serbare rancore nel cuore. Non possono fare a meno di essere diretti perché non sentono il bisogno di esserlo altrimenti. Quando una persona cresce, dall'infanzia all'adolescenza, la semplicità della sua personalità comincia a svanire e si crea vari strati o maschere intorno a sé. Questo è ciò che chiamiamo "mondanità". Pensate a cosa sarebbe successo al mondo se tutte le persone fossero state bambini. Allora non ci sarebbero stati né litigi, né dispute, né gelosie. Tutti potevano rimanere con amore e pace. Il mondo non sarebbe un posto migliore in cui vivere?

Alla fine arrivò la domenica in cui Noni doveva recarsi a casa di Neenu. Erano circa le dieci del mattino. Neenu aveva già informato la famiglia dell'arrivo della sua amica speciale. La mamma preparò una colazione speciale per l'ospite speciale e tutti si riunirono intorno al tavolo da pranzo. I pakoras di pane erano molto deliziosi. Tutti si sono divertiti insieme alla conversazione. La mamma parlò a Noni di sua madre e di altri membri della famiglia. Anche altri si sono impegnati nelle conversazioni. Dopo la colazione, Neenu ha portato Noni in giro per tutta la casa e poi l'ha riportata nella sua stanza.

"Noni, vieni. Guardate questa stanza. È la mia sala studio? Come è

? Sediamoci qui e rilassiamoci. Venite. Prendete questa sedia". Ha indicato

verso una delle sedie e prese l'altra per sé.

Lì rimasero a lungo seduti. Continuarono a parlare di argomenti diversi. Poi hanno iniziato a giocare a Scarabeo. Noni era felice. In seguito, mentre condividevano alcuni quaderni, notò che Neenu aveva scritto alcune canzoni sulle pagine posteriori del suo quaderno. Noni ha chiesto: "Neenu, per favore canta per me. Mi farà sentire felice". Mentre Neenu cantava la canzone, era entusiasta di sentire la sua voce melodiosa. La sera, dopo aver giocato ed essersi divertita molto, Noni desiderava tornare indietro. Salutò tutti e tornò indietro.

Una volta tornata a casa, Noni cominciò a insistere quotidianamente con la madre sul fatto che anche lei voleva imparare la musica vocale. Anche a lei piaceva l'idea. Sua madre stava già pensando di introdurre formalmente l'educazione musicale per sua figlia. I genitori di entrambe le bambine si sono quindi confrontati tra loro. In città c'era una scuola di musica. Entrambe le amiche, Neenu e Noni, hanno studiato musica classica lì. Dovevano esercitarsi a cantare anche a casa. In pochi mesi hanno imparato le basi della musica. Ogni volta che cantavano insieme, l'ambiente diventava allegro con la loro voce dolce e melodiosa. Tutti erano felici a casa e a scuola e apprezzavano l'impegno di entrambe le ragazze.

Nonna e Amisha

"Nonna, o mia cara nonna, dove sei? Vi ho cercato dappertutto per un lungo? Stai giocando a nascondino con me?" Amisha, una bambina di dieci anni, correva qua e là per la sua casa. Mentre gironzolava, ha notato la nonna seduta nella sala di preghiera.

Pensò: "Non sarebbe Sarebbe meglio aspettare un po' piuttosto che andare a disturbarla durante le sue preghiere?" La piccola Amisha

rimase in attesa a distanza. Ma non poteva aspettare più di qualche minuto. Si avvicinò alla nonna e iniziò a disturbarla.

"Oh, Amisha, sei tu. Posso identificarvi in qualsiasi momento, anche ad occhi chiusi. Oh! Forza, bambolina birichina. Lasciatemi per primo. Solo così potrò ascoltare quello che vuoi dire", le disse la nonna. La piccola Amisha era un po' birichina. La maggior parte di le volte che voleva qualcuno che giocasse con lei. A casa, la nonna era la sua migliore amica. Ha sempre cercato di stare con lei. O i due parlavano molto o la piccola voleva raccontare qualche storia o filastrocca o le sue esperienze a scuola. A volte era curiosa di ascoltare le storie della nonna.

Che bella cosa ha creato Dio. L'amicizia tra giovani e anziani. Entrambi amano la compagnia dell'altro quando ne hanno più bisogno. Le piccole creature hanno sempre qualcosa da dire e da condividere con i loro cari. I nonni sanno come affrontare tutto ciò che i più piccoli amano fare. Così come la nonna e Amisha, la sua nipote.

Quando le preghiere finirono, la nonna ebbe bisogno di un sostegno per alzarsi. Si è appoggiata alle braccia di Amisha, si è alzata ed è uscita dalla sala di preghiera.

Amisha giocava spesso con la nonna. Ogni volta che vedeva la nonna con un po' di tempo libero, iniziava a parlare con lei. Non solo giocava con lei, ma condivideva anche tutti gli eventi della sua giornata. Tutte le storie della sua scuola e di tutto il resto erano nella sua testa. I suoi genitori erano professionisti che lavoravano e non avevano tempo libero da dedicare alla figlia. Suo nonno era sempre impegnato a leggere il giornale o a guardare la TV. A volte, anche a lui piaceva giocare con la creatura più carina della casa.

In questo modo, il duo nonna e Amisha era molto affiatato e funzionava bene. Provavano qualcosa di nuovo ogni volta che avevano tempo.

La nonna era seduta sulla poltrona del divano nel corridoio. Anche Amisha è arrivata lì e si è inchinata sulle sue ginocchia. Abbracciò la nipote e la fece sedere vicino a lei. Poi le ha chiesto cosa voleva dire durante le preghiere. "Nonna, cosa stavi facendo lì?"

" Stavo pregando Dio". "Perché preghi Maa?"

"Prego per il vostro benessere e per il benessere di tutti". "È necessario che tutti preghino ogni giorno?"

"Sì, mia cara. Tutti devono pregare almeno una o due volte al giorno".

"Dio ci ascolta?"

"Sì, Dio ascolta le nostre preghiere e risponde anche". "Se non prego, Dio mi punirà?"

"No, Dio ama tutti noi. Perché ci punisce senza un motivo?"

"Nonna, alcuni dicono che Dio ci punisce. Non è vero che ?"

"In realtà Dio ama solo noi. Siamo puniti per i nostri errori. Il tuo insegnante non ti punisce ogni volta che fai dispetti in classe?"

"Sì, è così".

"Non ti ama?"

"O nonna, è lei che mi vuole più bene".

"Mia cara, la stessa cosa è con Dio. Ora lo ricordate. Siamo

puniti per le loro azioni sbagliate. È l'amore e la cura di Dio che ci nutre e ci rende sufficientemente saggi per fare le cose giuste a

il momento giusto e anche l'atto di gentilezza".

"Oh! Nonna. Sei la mia nonna più affettuosa. Inoltre, d'ora in poi pregherò Dio affinché possa essere più saggio di quanto lo sia ora. Giusto?"

"Bene, figlia mia. Assolutamente giusto". E ha abbracciato Amisha.

"Nonna, ho sentito che stavi chiedendo qualcosa a Dio. Può dirmi di cosa si trattava?"

"Perché no? Ve lo dirò sicuramente. Stavo chiedendo a Dio di ispirare mia nipote a preparare il tè per me oggi".

"Io, nonna? Ti stai prendendo gioco di me? Come posso preparare il tè per te se non so come si prepara?" Amisha chiese sorprendentemente.

"Vieni, bambola mia. Non c'è nulla di cui preoccuparsi. Per prima cosa andiamo in cucina. Poi ti insegnerò a preparare una tazza di tè".
"Nonna, posso impararlo anche su YouTube".

"Certo, potete imparare tutto su YouTube, ma vi piacerà impararlo da me, visto che sono con voi in questo momento". Quando preparerai il tè, mi prenderò cura di te. In questo momento, dato che sei troppo piccolo, è essenziale che io stia con te. Visto che non sai nemmeno come maneggiare correttamente il gas e la padella".

Amisha ha esitato. Voleva fare tutto il lavoro in cucina da sola e a modo suo. Aveva grande fiducia in se stessa e nelle sue esperienze su YouTube. D'altra parte, la nonna aveva fiducia nelle proprie esperienze di vita.

Si decise quindi che la nonna e Amisha avrebbero preparato il tè insieme e si diressero verso la cucina.

La doccia isolata

Molto tempo fa, due amici di nome Leelavati e Kalavati vivevano in un'isola di montagna una città chiamato Rampur. Le due signore erano vicine di casa e anche amiche intime. Si dice che le donne, quando si incontrano, parlino troppo e che al centro della loro conversazione ci siano le critiche agli altri.

Anche se le voci sono voci, a volte le persone iniziano a crederci inconsapevolmente. Dobbiamo sapere che criticare sempre gli altri senza motivo non è una buona abitudine. Alcune persone la sviluppano lentamente, anche se non ne sono consapevoli.

Il comportamento di questi due amici era contrario a questo. Non amavano mai pronunciare calunnie sugli altri. Amavano condividere le gioie e i dolori degli altri o si concentravano sulla soluzione di un problema reale. Quando non avevano altro da fare, si scambiavano battute e ridevano di cuore.

Il marito di Kalavati lavorava come impiegato di banca, mentre quello di Leelavati era un orafo. Entrambi avevano figli che andavano a scuola. Ogni volta che avevano del tempo libero, si riunivano insieme a casa. In questo modo, il

tempo passava. A nessuno dei due piaceva sprecare il proprio tempo libero in pettegolezzi, così iniziarono a progettare di fare qualcosa di nuovo e creativo. Erano alla ricerca di un'idea che potessero realizzare nella realtà. Questo darebbe loro lavoro e denaro. Lavorare insieme sarà un divertimento per loro. Anche se non è stato un lavoro facile. L'avvio di una nuova attività e la sua crescita necessitano di tutta l'attenzione, il tempo, le conoscenze e la dedizione.

Tuttavia, non erano obbligati a guadagnare denaro, poiché le finanze di casa erano abbastanza adeguate per far quadrare i conti. Anche allora volevano essere più produttivi di quanto non fossero. Renderebbe felici loro e le loro famiglie. Cosa fare e quale attività avviare era una domanda che si poneva davanti a loro.

Una volta c'è stata una flessione nel mercato dell'oro. Questo ha avuto ripercussioni sull'attività del marito di Leela in modo negativo. Anche se di tanto in tanto ci sono alti e bassi nel mercato. E non sarebbe stato un problema permanente. "È il momento giusto per avviare una nuova attività". Pensò Leela. "Kala, sorella mia, ascoltami. Ho un'idea in mente. Spero che piacerà anche a voi". Leela condivide la sua opinione con l'amica.

"Può darsi. Fammi sapere qualcosa in dettaglio". Kala ha risposto. "Non dovremmo avviare un'attività in proprio?"

"Certo. È un'ottima idea".

"Mi dica lei, che tipo di attività dovremmo avviare? Dovremmo lavorare entrambi in collaborazione?"

"Sì, sicuramente", ha detto Kalavati.

"Cosa ci conviene? Intendo una startup in cui abbiamo bisogno di un aiuto minimo da parte degli altri membri della nostra famiglia".

"Ascolta, sorella Leela. Avviamo un'attività di sottaceti e papadini. Entrambi prepareremo questi prodotti all'inizio. Quando l'attività crescerà, aggiungeremo altri lavoratori per aiutarci". Kalavati ha parlato con entusiasmo.

"Sì, mi sembra una buona idea". Leela ha apprezzato la sua idea.

Impareremo anche a utilizzare le nuove tecniche per portare in alto la nostra attività". Kalavati ha continuato.

Alla fine l'idea è stata approvata e attuata concretamente. Entrambi hanno annotato le materie prime e le hanno acquistate al negozio di alimentari. Hanno portato legumi, spezie e i fogli di calcolo per la preparazione e l'essiccazione dei papad. Hanno portato molte verdure come carote, cavolfiori, peperoncini, uva spina, ravanelli e molte altre per fare i sottaceti. Hanno acquistato contenitori per lo stoccaggio e il confezionamento dei prodotti.

In questo modo i due amici lavoravano duramente ogni giorno e preparavano i prodotti con cura. Hanno preso contatti con alcuni negozianti pronti a vendere e promuovere regolarmente i loro prodotti. Quando hanno realizzato il loro primo guadagno, sono stati molto felici. Anche i familiari hanno apprezzato il loro duro lavoro. Anche loro si sentivano orgogliosi. Una volta riuniti tutti in un luogo per celebrare la loro iniziale successo, i loro figli hanno dato loro un consiglio: "Mamma, perché non

vendete i vostri prodotti online?"

"Non siamo al corrente di queste cose". Entrambe le madri hanno detto all'unisono.

"Diventerà facile, mamma. Zia, noi ragazzi ti aiuteremo in questo senso. Esistono tantissimi siti di shopping online, dove vari venditori vendono i loro prodotti. Non sarà un compito difficile per voi. Create un account di vendita e vendete i vostri prodotti come "Leela Kala Papad" e "Leela Kala Pickles". In pochi mesi la gente si affezionerà ai vostri prodotti. Quindi non esitate a imparare cose nuove. Siete le nostre madri coraggiose. Vi aiuteremo molto. Non siamo forse i tuoi figli?", hanno detto i bambini.

"Grande idea! Allora diventeremo presto famosi. Ho ragione

?" Leelavati e Kalavati hanno parlato insieme. Poi tutti i presenti hanno applaudito.

"È la verità. Davvero non è uno scherzo", hanno detto i bambini.

"Va bene, proviamo". Entrambi gli amici hanno detto. Erano determinati.

Poi è successo. Hanno lavorato tutti insieme. Le vendite e la produzione aumentarono di giorno in giorno e l'azienda fu in grado di ottenere maggiori profitti. La loro attività ha iniziato a brillare sul mercato. Ora Leela Kala è diventato un marchio famoso. È stato il risultato della buona volontà e degli sforzi congiunti di tutti.

Era un caldo pomeriggio d'estate. Le nuvole erano sparse nel cielo.

"Oggi non potremo fare papad e sottaceti. Quindi, oggi divertiamoci un po'. A volte dovremmo fare una pausa", e così Kalavati chiama

Leelavati al telefono: "Sorella Leela! Vieni qui, presto".

"Che cosa è successo, mia cara? Va tutto bene?" "Tu vieni prima. C'è una sorpresa per te".

"Oh! No. Ti prego, dimmi. Verrò sicuramente. Non appena avrò terminato il mio compito, apparirò davanti a voi".

"Allora ascolta sorella . Guardate il cielo. Il tempo è così bello. Non sarebbe una bella idea prendere un tè e uno spuntino insieme? Quindi, per favore. Venite senza indugio. Vado in cucina a preparare i pakoras e il tè".

"Che bella idea. Mi è venuta l'acquolina in bocca. Sarò qui tra pochi minuti con un delizioso chutney di menta e coriandolo". Leela rispose e riattaccò. Poi si è data da fare per preparare la salsa. Sono bastati dieci minuti e la salsa era pronta. Leela versò il contenuto in una ciotola di vetro e, tenendola tra le mani, raggiunse il luogo della festa. Tutti la stavano aspettando con impazienza.

"Vieni Leela. Oh! Che bello. Il suo sapore è gradevole. Per favore, siediti e prendi il tuo piatto". Kalavati ha detto.

Tutti hanno iniziato a servire le pietanze nei propri piatti. Kala ha servito il tè per tutti. Tutti hanno apprezzato gli spuntini, il tè e la compagnia reciproca, oltre al bel tempo.

La vista esterna era visibile dalla finestra. Il tempo era piacevole e soffiava una brezza fredda. Dopo qualche tempo iniziò a piovere. C'era una doccia isolata nel inizio. All'improvviso iniziò a piovere a dirotto. Sembrava che le piante e gli alberi fossero felici e mostrassero il loro piacere muovendo i rami come braccia. L'intero ambiente era diventato molto vivace. Dopo il tè, le persone si sono divertite al fresco. I due amici iniziarono a parlare e i bambini erano impegnati nei loro giochi. Quando la pioggia ha smesso di cadere, nel cielo è apparso un bellissimo arcobaleno.

La ragazza coraggiosa

C'era una volta una città chiamata Sitapur. Viveva una ragazza di nome Bawri con i suoi genitori. Questa storia è accaduta in tempi passati, quando i genitori non erano molto attenti alla scelta del nome dei loro figli. I figli erano soliti chiamarli con qualsiasi nome, qualsiasi cosa gli piacesse. parola 'Bawri' in hindi significa pazzo, ma la ragazza della storia era esattamente l'opposto.
Quando si tratta di un nome, il più delle volte le persone prendono l'abitudine di chiamare una persona con quel nome senza pensare al suo significato. Come nel caso dell'intelligente ragazza Bawri. Anche allora non era contenta del suo nome. Pensava sempre a cosa sarebbe successo se anche lei avesse avuto un bel nome come quello delle sue amiche Uma, Rama o Tina. Ogni volta che qualcuno la chiamava per nome, si sentiva triste perché non le piaceva il suo nome. Ma era impotente. Come potrebbe cambiare il suo nome, visto che il nome è per sempre.

Un giorno, mentre era seduta vicino alla madre, vide che la figlia aveva le lacrime agli occhi.

"Bawri, stai piangendo? Per quale motivo stai piangendo? Cosa aveva reso triste mia figlia? Per favore, fatemi sapere qual è il vostro problema? È andato storto qualcosa?"

"No, mamma. Niente di nuovo. Non è così importante. Sono O.K."

"No, c'è un motivo che la preoccupa. È fondamentale dirlo almeno a tua madre. Non puoi nascondermi nulla". Quando la madre insistette con lei perché dicesse la verità, dovette parlare.

La madre rimase sorpresa quando venne a sapere che il nome della figlia era diventato un problema per lei. Cercò di soddisfarla dicendo: "Mia cara, alcuni dei problemi che abbiamo non sono reali ma immaginari. Anche il vostro lo è. Non si dovrebbe avere una sensazione di malessere nei confronti del proprio nome. Nessuno ci pensa. Il nome non è lei. È solo uno strumento usato per chiamarvi. I nomi non definiscono una persona. La persona reale che è in voi è identificata dalle vostre qualità interiori e dalle azioni da voi compiute. Non dovete preoccuparvi. Alla gente non interessa il nome. Anche in questo caso mi dispiace se vi ha creato problemi. Non ho mai avuto l'idea che un giorno sarebbe successo". Bawri ascoltò la madre con attenzione. Ha smesso di piangere.

Sua madre ha iniziato a chiamarla Sanvari. Le voleva troppo bene, perché era sua figlia. Era una ragazza carina. Era anche molto saggia e intelligente. Ogni volta che c'era un problema, ha usato il suo cervello intelligente per risolverlo al più presto. Lentamente smise di pensare al suo nome e spostò la maggior parte della sua attenzione sugli studi e sul lavoro.

Era una ragazza giovane. I bambini piccoli crescono più velocemente. Anche lei stava crescendo come un rampicante selvaggio. Ha sviluppato una personalità allegra. Era sempre impegnata a leggere, giocare e imparare qualcosa di nuovo o di creativo.

In realtà, la casa dei suoi genitori era un centro di caos e di vivacità infantile. Che si tratti di un rampicante selvatico o di un rampicante della vita, prospererà e fiorirà. Con la sua voce dolce, rendeva tutti felici. Quando la madre le assegnò alcune faccende domestiche da svolgere, non le piacque. Non riusciva a ridere e le veniva da piangere.

La madre di Bawri non aveva un'istruzione formale troppo elevata. Già allora conosceva l'importanza dell'istruzione. Non voleva che la figlia sprecasse il suo tempo prezioso in cucina e si sentisse oppressa. Anche lei ha bisogno di tempo per studiare. Ma a causa del grande lavoro a casa, la madre a volte si stancava. Poi ha chiamato la figlia per farsi aiutare, anche se con riluttanza, quando se ne presentava la necessità.

Passarono diversi anni in questo modo. Sanvari ha superato le scuole medie con ottimi voti e poi si è assicurato il primo posto alle superiori. Ora, quando è passata all'undicesima classe con il corso di scienze, ha scoperto che lo studio delle scienze era impegnativo. Con il permesso dei genitori, iniziò a investire sempre più tempo nello studio.

Il tempo ha le ali. Quando si è felici, il tempo sembra volare velocemente. Bawri, l'unica figlia dei suoi genitori, era la pupilla dei loro occhi. Si sono presi cura del loro bambino nel miglior modo possibile. Ogni volta che lei chiedeva qualcosa, loro cercavano di esaudirla molto spesso. Anche Bawri era abbastanza saggio e conosceva i limiti. Aveva anche un sentimento di rispetto nei confronti dei suoi genitori. Era una persona soddisfatta, senza desideri inutili.

Bawri era cresciuto con il passare del tempo. La sua mente non è stata toccata dal cambiamento dei tempi. La sua attenzione era tutta rivolta agli studi e alla costruzione della sua carriera. Grazie a questa dedizione, Bawri ha superato a pieni voti gli esami di dodicesima classe ed è stata ammessa al corso di laurea in Scienze.

Il padre di Bawri, Ramnath Ji, aveva una grande casa dove viveva con la sua famiglia. La casa aveva una grande terrazza aperta in cima. Il primo piano della casa aveva tre sezioni. Una sezione conteneva le camere, la seconda la cucina e un ampio cortile. La terza sezione era un giardino, con erba verde e varie piante e alberi.

Di tanto in tanto il suo amico Rama veniva a studiare con lei e a volte Bawri andava a casa di Rama. Tuttavia, per la maggior parte del tempo, ha studiato a casa sua.

Durante l'estate, la famiglia si recava spesso sul tetto per godersi l'aria fresca, e a volte vi dormiva anche. A quei tempi, le interruzioni di corrente per diverse ore erano comuni. Per evitare i disagi durante il riposo dovuti al caldo, le persone si recavano sul tetto o sceglievano di dormire nel cortile.

Era una notte d'estate. Bawri stava studiando sul tetto e alla fine si è addormentato. Al piano di sotto, nel cortile, suo padre stava dormendo. Era passata la mezzanotte e tutti avevano dormito. Anche Bawri aveva dormito. Era una pratica comune andare a dormire verso le nove o le dieci in quei primi tempi.

Durante il sonno, Bawri ha avuto sete. Si è svegliata e voleva scendere a prendere l'acqua in cucina. Notò un'ombra che si muoveva qua e là sulla parete. Era un po' spaventata.

"Cosa si muove lì sulla ringhiera? C'è qualcuno in piedi lì? Oh! Sì, c'è un ladro. Lo vedo chiaramente".

Il ladro camminava sulla ringhiera. Era una notte buia e lui cercò di approfittarne. Il suo cuore cominciò a battere forte.

"Oh! Capisco", esclamò una voce da dentro di lei. Ora, cosa fare? Il suo cervello iniziò a correre.

"Perché ho paura. Non c'è nulla da temere. Il ladro è ancora a distanza da me. Non può raggiungermi in pochi secondi. Dovrei gridare subito per svegliare mio padre". Ha deciso. Senza indugio gridò forte per svegliare il padre, che stava ancora dormendo nel cortile.

"Papà, papà! Guardate laggiù... c'è un ladro!". Bawri potrebbe dire . Sentendo la sua voce, il padre si svegliò immediatamente. "Bawri, dove? Dov'è il ladro?" Il padre di Bawri ha chiesto informazioni. "Papà, guarda laggiù", disse Bawri indicando la ringhiera.

"Ma che cos'è questo? Dov'è il ladro ora? Non riesco a vederlo in questo momento. Era qui, pochi istanti fa". Bawri ha detto. Era così sorpreso nel sapere come il ladro fosse improvvisamente scomparso. A causa del trambusto e della paura di essere preso, il ladro deve aver scavalcato la recinzione per fuggire.

Poi, Bawri scese le scale. Il padre era molto contento del coraggio della figlia. Se non lo avesse svegliato in tempo, il ladro sarebbe riuscito a compiere un furto a casa loro. Tutti in casa si sono svegliati. Anche sua madre l'ha ricoperta di amore e affetto per la sua coraggiosa figlia, apprezzandola.

"La mia coraggiosa figlia Bawri è la più coraggiosa. Avete fatto un ottimo lavoro".

Bawri era molto felice e si sentiva orgogliosa di sé. Anche allora Bawri era orgogliosa del suo nome.

Il paese delle fate

Sarang era un bambino adorabile e allegro. Aveva solo un anno e mezzo. Lui era un bambino piuttosto attivo. Faceva attività maliziose tutto il giorno. Ha sempre cercato di copiare le attività di tutti. Imitava la madre facendo finta di spazzare. Come suo padre, prendeva in mano un pennello da barba e ha agito come se si stesse radendo esattamente come lui. È stato un grande divertimento per lui. Anche tutti i membri della famiglia si sono divertiti a guardare le sue azioni divertenti. A quel tempo, la madre di Sarang gli dava diversi giocattoli con cui giocare e cercava di coinvolgerlo nei giochi. Ma i bambini sono bambini. Quando i giocattoli sono a loro disposizione, non vogliono nemmeno toccarli. A loro piace comportarsi come gli anziani. Per questo motivo copiano le loro azioni e il modo in cui siedono, si alzano, parlano eanche mangiare. A volte diventano la fonte di intrattenimento più semplice per tutti. Lo stesso vale per il piccolo Sarang.

Mentre cresceva, i suoi genitori cercavano di fargli imparare qualcosa di nuovo ogni giorno. Gli recitavano anche piccole poesie. Sarang si limita a ripeterle con la voce della madre. Stava imparando a parlare correttamente. Impara ogni giorno qualche parola nuova. Anche se non era in grado di pronunciare correttamente tutte le parole, ci ha provato. Tutte le sue azioni hanno reso i suoi genitori molto felici. Passò tutto il giorno a recitare le poesie che aveva imparato, spostandosi da un angolo all'altro della casa. Quando Sarang divenne un po' più grande, gli piaceva ascoltare le storie di sua madre. Ha anche imparato a conoscerne alcuni.

Sarang aveva molti amici che vivevano nel suo quartiere. Non appartenevano tutti alla sua fascia d'età. La maggior parte di loro era un po' più grande di lui. Anche allora tutti volevano giocare con Sarang. Sarang era la pupilla dei loro occhi. Tra quei bambini, c'era una ragazza di nome Hina. Considerava Sarang suo fratello e gli voleva un gran bene. Vuole giocare con Sarang tutto il giorno. O giocavano a casa di Sarang o a casa sua. Spesso insisteva per portare Sarang a casa sua. Anche a Sarang piaceva la sua compagnia. Su richiesta insistente di Hina, la madre di Sarang gli permette di andare a casa di Hina. Hina era una bambina di sei anni. Si era ben inserita nel ruolo di sorella maggiore. Chiamava affettuosamente Sarang "Mogli". Anche la madre di Hina si prende cura di Sarang come se fosse suo figlio. Così, Sarang, all'età di quattro anni, ha trascorso il suo tempo giocando ed è cresciuto in modo intelligente.

Un giorno, il padre di Sarang portò un audiolibro per lui. Era l'audiolibro delle favole. Sarang ha sviluppato un forte interesse per la lettura e l'ascolto di storie. Ha fatto partire l'audiolibro e ha ascoltato tutte le fiabe. Ha continuato ad ascoltarli ininterrottamente per diversi giorni. Lo rendeva felice. Ogni giorno ascoltava le favole e si divertiva molto. Un giorno, Sarang sognò le fate. La Regina delle Fate era venuta a casa sua per incontrarlo. Lo portò con sé nel paese delle fate. Si è mosso tutto intorno. Lì vide vari tipi di fate. Sembrava che fluttuassero nell'aria da qui a lì. Ogni volta che cercava di chiedere qualcosa alla Regina delle Fate, lei gli faceva cenno di tacere. All'inizio Sarang vide due fate, la Fata Terrificante e la Fata Arrabbiata. La Regina delle Fate afferrò con forza la mano di Sarang e lo portò via da loro. Lì ha incontrato tante fate dal cuore gentile.

La Regina delle Fate disse al ragazzo: "Sarang, guarda. Tutte queste sono fate buone. Aiutano veramente tutti coloro che compiono azioni nobili". Sarang era molto felice di vagare qua e là nel paese delle fate. Non era mai stato nel paese delle fate. Chiese alla Fata Regina: "Posso rimanere qui nel paese delle fate per sempre?" Sentendo questo, la Fata Regina sorrise e rispose: "No, Sarang, mia cara. Non puoi restare qui. Il paese delle fate non è destinato agli esseri umani. È solo un luogo di fate".

Sarang si sentiva triste in quel momento. Aveva un forte desiderio di rimanere nel paese delle fate. Vedendolo turbato, la Fata Regina disse:

"Non essere triste, Sarang. Potrai tornare a visitare il paese delle fate quando vorrai".

Sarang fu molto felice di sentirlo. La Fata Regina continuò: "Se tutti gli umani iniziassero a vivere nel Paese delle Fate, questo diventerebbe sovraffollato e molto probabilmente aumenterebbe il numero di fate terrificanti e arrabbiate. Allora nessuno si divertirebbe a vivere qui. Le fate buone vorrebbero scappare da questo posto". Sarang era molto sorpreso. La Fata Regina agitò la bacchetta in aria e chiese a Sarang di esprimere un desiderio.

Sarang desiderava diventare un cantastorie. La Regina Fata lo benedisse con la manna.

Sarang espresse il desiderio di visitare nuovamente il paese delle fate. Questa volta la Fata Regina non disse nulla. Sorrise e toccò delicatamente la testa di Sarang con la bacchetta. A Sarang venne voglia di cadere a terra. Quando aprì gli occhi, si rese conto di aver sognato il paese delle fate. Era felice di ricordare tutto ciò che stava sognando. Dopo qualche giorno Sarang dimenticò il sogno del paese delle fate.

Sarang ha studiato nella prima classe della scuola. Aveva imparato a costruire frasi. Un giorno, mentre stava facendo i compiti di hindi, pensò di scrivere una storia. Afferrò il diario di sua madre e prese rapidamente una matita per iniziare a scrivere la storia.

Ha scritto la storia in questo modo. Il titolo era "La **saggezza di Sohan"**.

In un villaggio viveva un uomo ricco di nome Dhaniram. Aveva un figlio di nome Sohan. Un giorno, Dhaniram dovette uscire per un lavoro urgente, lasciando a casa il figlio Sohan. Ha ordinato a Sohan di chiudere bene la porta e di non aprirla agli estranei.

Poco dopo la partenza di Dhaniram, qualcuno bussò alla porta. Sohan chiese: "Chi è?" Lo straniero rispose: "Sono l'amico di Dhaniram". Sohan aprì la porta e fu sorpreso di trovare due intrusi all'interno della casa. Poi si ricordò del consiglio di suo padre di usare il suo cervello saggio e la sua pazienza nei momenti difficili. Sohan vide uno degli intrusi che gli puntava contro una pistola.

Sohan escogitò subito un piano. Si giustificò per andare in bagno. Tornando da lì, chiese agli intrusi: "Volete bere dell'acqua?" Quando hanno detto di sì, ha portato l'acqua. Dopo aver bevuto quell'acqua, gli intrusi hanno perso i sensi e sono caduti a terra. All'insaputa degli intrusi, Sohan aveva aggiunto un sonnifero all'acqua che serviva. Lo hanno bevuto e presto hanno perso i sensi. Sohan chiamò immediatamente la polizia e la informò degli intrusi. La polizia è arrivata e ha arrestato i criminali. A quel punto anche il padre Dhaniram era tornato a casa. La polizia ha lodato molto l'intelligenza di Sohan e gli ha dato anche una ricompensa. Il padre di Sohan gli voleva molto bene.

Sarang mostrò questa storia a sua madre, che ne fu molto contenta. Ha incoraggiato Sarang a scrivere altre storie.

Man mano che Sarang cresceva, diventava sempre più creativo. Una volta a scuola è stato organizzato un concorso di scrittura di racconti. Anche Sarang ha partecipato a questo concorso e ha ricevuto il premio. Tutti gli insegnanti lo hanno benedetto. Sua madre lo amava molto.

Quando Sarang si addormentò quella notte, sognò di nuovo il paese delle fate. La Regina delle Fate lo amava e lo benediceva molto. Di nuovo si aggiravano tra le fate.

Il Cigno d'oro

C'era una volta, in un villaggio, un uomo di nome Budhua. Era un tessitore di professione. Tesseva abiti e li vendeva al mercato. Ha lavorato diligentemente dalla mattina alla sera tessendo tutto il giorno. Nonostante il suo duro lavoro, era molto povero. In ogni caso era possibile per lui far quadrare i conti. Nella sua famiglia c'erano solo due membri. Oltre a lui, c'era la sua vecchia madre che viveva a casa. Sua madre era molto anziana. La sua età era chiaramente visibile sul suo viso. I suoi piedi penzolavano quasi nella tomba. Era sempre preoccupata per il suo unico figlio.

"Come farà Budhua a sopravvivere, quando io morirò?" Lo pensava spesso. "Non ci sarà nessuno a prendersi cura di lui. Questa mia paura non mi lascerebbe nemmeno morire".

Desiderava una bella nuora che si prendesse cura del figlio. Ci deve essere qualcuno che si prenda cura di lui, quando lei muore.

Per i poveri, guadagnarsi da vivere è un problema importante. Budhua non ha guadagnato molto. I suoi guadagni erano appena sufficienti per la sopravvivenza della madre e del figlio. "Quando Budhua si sposerà, le spese quotidiane aumenteranno e lui dovrà guadagnare di più. Anche se è l'amore nel cuore delle persone che lega tutti i membri della famiglia. Anche in questo caso il denaro ha un ruolo importante". L'anziana madre continuò a pensare per tutto il giorno e la notte. Inoltre, pregava regolarmente Dio affinché le loro pene finissero molto presto.

L'anziana madre era costantemente preoccupata che un angelo celeste potesse venire a sposare suo figlio, rendendolo prospero. I giorni, i mesi e gli anni passavano in queste preoccupazioni e preghiere. Un giorno gli dei stavano passando davanti alla casa di Budhua. Non potevano essere riconosciuti come divinità perché erano mascherati. Notando le condizioni di Budhua, decisero di chiedere l'elemosina sotto le spoglie di asceti. Raggiunsero la porta di Budhua e bussarono alla porta. L'anziana madre aprì la porta e chiese.

"Baba! Che cosa c'è?"

"Amma! Baba ha fame. Se ci date del cibo, i vostri figli saranno benedetti".

"Va bene". Con un sorriso, Amma entrò in casa e portò due chapati e alcune verdure dalla sua parte. Li ha dati a quel Baba. Gli ha anche dato un bicchiere d'acqua. Dopo aver consumato i pasti, Baba era molto soddisfatto e felice. Mi disse: "Amma, qualsiasi cosa tu desideri, chiedila". Amma rispose: "Qualunque cosa io chieda, me la darai? Non puoi rifiutare la tua parola".

"Puoi chiedere qualsiasi cosa, Amma. Baba mantiene sempre la parola data

."

Gli occhi dell'anziana signora erano pieni di lacrime. Non poteva nasconderli. Disse: "Baba, desidero trovare un compagno adatto per mio figlio Budhua. Quando si sposerà e vivrà una vita prospera, andrò nella dimora di Dio con pace".

"Così sia". Dicendo questo, Baba si mise in cammino.

Una sera, quando il sole tornò a casa e la notte iniziò lentamente a diffondere l'oscurità ovunque. La luna argentea apparve nel cielo e cominciò a brillare. A mezzanotte, tutti erano già spenti. Un cigno è apparso all'improvviso nella casa dell'anziana signora. Nessuno era consapevole della sua presenza. Entrò silenziosamente nella stanza dove Budhua era solito tessere la stoffa sui fili. Le piume del cigno brillavano di una luce dorata molto intensa. Non appena il cigno entrò nella stanza, la porta si chiuse da sola.

Il cigno iniziò a tessere il tessuto con i fili colorati già presenti. Ha lavorato diligentemente tutta la notte.

Poco prima che spuntassero i primi raggi del mattino, il cigno scomparve lasciando dietro di sé il tessuto.

Budhua si svegliò come al solito la mattina dopo. Dopo aver completato la normale routine mattutina, si è preparato per andare al lavoro. Appena entrato nella sua stanza, vide qualcosa di sorprendente. Lì trovò un tessuto estremamente morbido e bello, dalla lucentezza setosa. Pensò da dove provenisse questo tessuto. Era sicuro che non si trovasse in quel luogo il giorno precedente. Quando non riuscì a ottenere la risposta, andammo da sua madre per sapere il fatto.

"Madre! Madre! Quando hai tessuto un tessuto così bello?"

"Oh, Budhua! Mio figlio. Stai scherzando? Dopotutto, lei è un po' un sempliciotto. Sono anni che non tesso tessuti. Santo cielo, sono passati anni da quando tessevo. Mi dica, cosa la preoccupa?"

"Mamma, nella mia stanza c'è un bellissimo tessuto. Pensavo che avessi fatto il lavoro". Budhua ha risposto.

"Dov'è? Fammi vedere me stesso. Non posso crederci". Anche sua madre era sorpresa.

"Vieni con me". Tenendo per mano sua madre, si diresse verso

la sua stanza.

"Ecco qui. Ora lo vedete. Sono un bugiardo?"

L'anziana signora non riusciva a credere a ciò che vedeva. Il figlio

continua.

"Guarda qui, mamma! Non è davvero bellissimo? Avete mai visto una stoffa così bella? Ho pensato che l'aveste tessuta, per questo ve l'ho chiesto".

"Oh, sì! Questo tessuto è davvero molto bello. È anche fine e morbido. Budhua, devi averlo dimenticato dopo averlo tessuto? Se no, chi è stato? A casa non c'è nessuno a parte noi due". Poi ha iniziato a fissarlo in viso.

"Madre, so di non essere così intelligente. Ma ho una memoria acuta. Ricordo bene le cose". Ha risposto. "Budhua sarà anche un po' sempliciotto, ma non è così smemorato da non ricordare cosa ha tessuto e cosa no". La madre se ne rese conto.

"Va bene se lo porto al mercato e lo vendo?" Budhua aveva in mente una grande idea.

Ha condiviso la sua idea con la madre. "Certo, figliolo. Devi andare. Dio ha risposto alle mie preghiere e ci ha aiutato in segreto". Lei rispose. "È lui che aiuta tutti".

Budhua andò al mercato e vendette il tessuto. Ha ricevuto un prezzo elevato per questo. Budhua è tornato a casa in serata. Durante il tragitto, acquistò alcuni prodotti alimentari. Quando ha mostrato i suoi guadagni alla madre, i suoi occhi si sono allargati per lo stupore. Entrambi hanno consumato un pasto abbondante e sono andati a dormire.

La stessa cosa accadde ripetutamente quella notte. Un cigno d'oro è apparso emettendo luce dorata ed è scomparso prima dell'alba. Anche in questo caso nessuno lo vide. La tela intrecciata che giaceva lì lasciava ancora una volta una domanda negli occhi dei familiari. La stessa cosa ha iniziato a succedere ogni giorno. Budhua era curioso e decisero di scoprire il motivo e la persona che li stava aiutando in modo così segreto.

Decise di scoprire la verità. Quel giorno si recò nuovamente al mercato e vendette il bellissimo tessuto simile alla seta a un prezzo elevato.

Budhua e sua madre erano molto felici perché avevano cibo delizioso da mangiare regolarmente. Il giorno si trasformò lentamente in notte e arrivò il momento che Budhua stava aspettando.

Era molto ansioso che il mistero venisse svelato. La vecchia dormiva e il figlio aspettava di vedere il misterioso aiutante. All'improvviso una luce dorata si diffuse tutt'intorno.

"Oh! Che tipo di luce è? Sto sognando?" Si strofinò gli occhi. Quando aprì gli occhi, vide qualcosa di incredibile. Un cigno dorato stava entrando silenziosamente nella sua stanza.

"Oh, che cos'è questo? Un cigno d'oro?" Gli occhi di Budhua si sono allargati per la sorpresa. Si strofinò di nuovo gli occhi per eliminare ogni tipo di confusione. Esclamò: "Questo è davvero un cigno d'oro! Un cigno d'oro con delle bellissime piume dorate! Ho visto un cigno così bello in vita mia". Esclamò con gioia. "Che bella luce dorata emana dalle sue ali?" "Budhua non riusciva a contenere la sua curiosità. Seguì il cigno. Non appena è entrato nella stanza, la porta si è chiusa automaticamente dall'interno. Non poteva entrare nella stanza.

Poteva sbirciare solo attraverso la finestra. Ciò che vide fu sufficiente a lasciarlo sbalordito. Come può un cigno tessere una tela? Alla fine la sua pazienza si ruppe. Improvvisamente il cigno scomparve. A Una giovane ragazza apparve al posto del cigno. Budhua ruppe il silenzio. Le chiese: "Chi sei? Cosa ci fai qui? Come sei arrivato qui? Mi parli di lei. La ragazza rispose: "Mi chiamo Hansika. Sono solo in questo mondo. Sono stato maledetto da un santo perché mi sono rifiutato di dargli un bicchiere d'acqua. In quel momento sono diventato un cigno".

"Ora sono libera dalla maledizione", ha continuato Hansika. Durante le loro conversazioni, anche la madre si era unita a loro. Budhua chiese allora: "Mi vuoi sposare?"

Con l'approvazione di Hansika e di sua madre, Budhua si è sposato con Hansika. Hansika e Budhua lavoravano duramente insieme per tessere stoffe e venderle al mercato a prezzi elevati. Inutile dire che le giornate di Budhua cambiarono in meglio. In questo modo, con la benedizione del saggio, anche la vita della madre di Budhua divenne felice.

Storia della culla

Molto tempo fa viveva una povera donna di nome Bharati. C'è una storia che racconta come la povertà sia entrata la sua vita lentamente. Un tempo viveva come una regina. Il marito era proprietario di una grande azienda. Tuttavia, a causa di alcune circostanze, i tempi sono cambiati ed egli ha dovuto sopportare una grande perdita nel suo business. Avevano una  piccola famiglia di tre persone. Un marito, una moglie e una piccola figlia adorabile. In ogni caso, insieme erano determinati ad affrontare le circostanze negative in modo positivo. Quando l'uomo ha iniziato a costruire una nuova attività, ha avuto bisogno di un po' di tempo per raggiungere l'apice. Bharati aveva molta pazienza e speranza. Aveva piena fiducia in Dio. Quando erano benedetti da buona salute e ricchezza, erano molto gentili con i poveri e i bisognosi. Sapevano che i tempi brutti se ne andranno rimandando quelli belli. L'attenzione di Bharati era tutta rivolta all'educazione accurata della figlia. Era completamente determinato a garantire una vita migliore al piccolo. A volte non aveva soldi con sé. Ogni volta che aveva bisogno di denaro per le necessità della figlia, vendeva alcuni vecchi oggetti che le erano stati regalati dagli antenati. Con questi guadagni, soddisfaceva tutti i bisogni della figlia. Con il passare del tempo, la figlia era ormai cresciuta e pronta per andare a scuola. Naturalmente è responsabilità dei genitori fornire una buona educazione ai propri figli. Si trattava di una nuova serie di responsabilità di fronte a lei. Sembrava una situazione difficile e le soluzioni potevano richiedere sacrifici significativi.

Un giorno, mentre rifletteva su come gestire la loro situazione finanziaria, Bharati notò una vecchia culla di legno nella sua casa.

"Potrebbe essere prezioso". Pensò. "Credo che appartenga ai nostri antenati". Era un po' confusa. A chi chiedere e come decidere, continuò a pensare per due giorni. Suo marito era fuori città per motivi di lavoro. Non avendo altra scelta, decise di vendere la vecchia Culla Ancestrale. Anche se non voleva venderla perché la culla era molto preziosa e vecchia. I figli di diverse generazioni della sua famiglia lo usavano da sempre.

"E ora era il turno di mia figlia. Anche lei lo aveva usato molto. È stato un bel letto di lei e anche un gioco da fare. Era come il grembo di una madre in sua assenza. Ora sono costretto a venderlo. Non sono contento della mia decisione. O Dio! Vi prego di perdonarmi perché è solo per amore del dovere".

La culla ancestrale era un prezioso cimelio tramandato di generazione in generazione. Sebbene fosse riluttante a venderla perché aveva un valore storico e sentimentale, Bharati si sentì costretta a farlo per l'istruzione della figlia.

Decise di mettere un annuncio per vendere la culla di legno. Una generosa signora di nome Arti, che stava pensando di acquistare una culla per sua figlia, ha visto l'annuncio e ha contattato Bharati. La culla le piacque e la acquistò, dando a Bharati i dollari necessari per soddisfare le esigenze scolastiche della figlia. Bharati tornò felicemente a casa, comprò tutto il necessario e mandò la figlia a scuola.

Nel frattempo Arti, che aveva comprato la culla, dopo qualche tempo si rese conto che era piuttosto vecchia nonostante fosse robusta e bella. Tuttavia, ha pensato di venderlo per comprarne uno nuovo per suo figlio. Ben presto, nelle vicinanze si è svolta un'asta di oggetti antichi. Arti decise di mettere all'asta la culla. Con sua grande sorpresa, l'offerta per la culla è stata molto più alta di quanto si aspettasse. L'importo ricevuto era notevolmente superiore a quello che aveva pagato a Bharati. Poi si ricordò della precedente proprietaria della culla, Bharati, che era così povera da dover vendere la sua culla ancestrale per soddisfare i bisogni della figlia. Ha trovato le informazioni di contatto di Bharati e si è messa subito in contatto con lei.

Arti è rimasta stupita nell'apprendere le difficoltà finanziarie di Bharati e il motivo della vendita della culla. Toccata dalla storia di Bharati, Arti ha preso una decisione. Ha chiamato Bharati e l'ha informata che avrebbe diviso la metà della somma ricevuta dal asta con lei. Bharati era sopraffatta dalla gratitudine per Arti. L'ha ringraziata molto. Ora disponeva di una tale quantità di denaro che, dopo aver soddisfatto tutte le esigenze di istruzione della figlia, non sarebbe stata esaurita per anni. Alla fine, Arti abbraccia Bharati e le dice: "Questa culla è sempre stata tua e hai diritto a questo denaro come me. Sono più che soddisfatto di aver potuto aiutare il vero proprietario della culla". Bharati ha ringraziato ripetutamente.

Sentendosi soddisfatta per aver fatto un buon lavoro, anche Arti tornò indietro verso casa. La gioia di dare e condividere è sempre più grande di quella di ricevere, aveva capito.

L'invenzione di Veeru

C'era una volta una foresta chiamata Kanjakvan. L'orso Bholu e la sua famiglia vivevano lì. In questa foresta vivevano anche molti altri animali. Sheru, il leone, era il re della giungla. Vagava nella giungla con la sua famiglia tutto il giorno e di notte dormiva nella sua grotta. C'era una giraffa vigile di nome Gunnu nella giungla, in grado di individuare il pericolo da lontano grazie al suo lungo collo. L'elefante Appu era bianco come la neve. Era così bello che poteva competere con il famoso elefante del cielo chiamato Airavat. In questo modo, la foresta di Kanjakvan aveva un ambiente sempre allegro. Da qualche parte si sente la dolce voce degli uccelli che cinguettano durante il giorno. Volavano allegramente da un albero all'altro e tutto intorno. Alcuni di loro avevano fatto il nido sugli alberi. Il loro continuo chiacchiericcio ha accresciuto l'allegria del giungla; anche la loro presenza rendeva la giungla vivace. C'erano anche Manthara, la volpe, e Manu, la scimmia, che con la loro astuzia e i loro dispetti mantenevano l'atmosfera gioviale. Nel Kanjakvan vivevano diversi altri animali, esempio di amore, fratellanza e unità.

Tuttavia, c'era una cosa che mancava al Kanjakvan. Non c'era una fonte facilmente disponibile di acqua potabile, cioè di acqua sicura per bere. A Kanjakvan non c'erano stagni o pozzi. Prima c'era uno stagno, che si è prosciugato a causa del caldo estremo durante l'estate. Era passato molto tempo da quando le nuvole avevano bagnato l'acqua. Sembrava che avessero scioperato per qualche motivo. Ogni volta che gli abitanti di Kanjakvan avevano sete, dovevano recarsi nella vicina Champakvan, la giungla del loro quartiere. Gli abitanti di Kanjakvan hanno sopportato la loro vita difficile e arida con un senso di accettazione, considerandola il loro destino.

Un detto dice che il destino non è più grande dell'azione. Le azioni compiute nella giusta direzione hanno il potere di cambiare il destino. Dio aiuta chi si aiuta da solo. La giovane generazione di Kanjakvan non se ne stava con le mani in mano. Si sono impegnati costantemente per superare il problema della scarsità d'acqua. Il loro sforzo è stato quello di rendere in qualche modo disponibile l'acqua potabile nel luogo più vicino, in modo da rendere la vita di queste persone un po' più semplice. Tra i giovani c'era un gruppo scientifico che cercava continuamente di fare qualcosa di nuovo. I membri di questo gruppo erano piuttosto intelligenti e si impegnavano a creare qualcosa di nuovo, utile e interessante. Imparavano i progressi tecnologici di quei tempi. Veeru, il capo di questo gruppo, era il figlio maggiore della scimmia Manu. Ha studiato fino alla decima classe. Il tempo che gli rimaneva dopo gli studi regolari lo dedicava interamente al lavoro di ricerca. Era diventato una cavia da laboratorio per raggiungere il suo obiettivo. Veeru ha condotto diversi esperimenti. Voleva trovare una soluzione al problema della scarsità d'acqua il prima possibile. In modo che l'acqua potabile possa essere disponibile per tutti.

Alla fine, il duro lavoro di Veeru e del suo team è stato ripagato e hanno trovato una soluzione.

La soluzione fu il "Chapakal", che significa pompa a mano. In questo caso, un tubo molto lungo viene interrato profondamente nel terreno. Poi, con l'aiuto di un pistone, una valvola e una leva. L'acqua viene portata dalla profondità del terreno alla superficie. I coraggiosi giovani di Kanjakvan hanno inventato la tecnologia e l'hanno applicata per realizzare un "Chapakal". Avevano installato un "Chapakal" e funzionava. L'acqua ha iniziato a uscire dal terreno. L'acqua era molto pulita e di buon sapore. I giovani di Kanjakvan avevano dimostrato il miracolo. Con il loro duro lavoro il loro sogno si è trasformato in realtà. L'acqua pulita era diventata disponibile con uno sforzo relativamente minore nelle loro vicinanze.

Un'ondata di gioia ha attraversato l'intero Kanjakvan. Tutti gli animali stavano sbocciando di felicità. Le difficoltà della loro vita erano in qualche modo diminuite. Ora i bambini non dovranno più soffrire la sete e le donne non dovranno più a prendere l'acqua da giungle lontane. La gioia si diffuse in tutta la giungla, Kanjakvan.

Un giorno, il consiglio degli anziani di Kanjakvan convocò una riunione. Lo scopo di questo incontro è stato quello di onorare il giovane team di scienziati che, con una dedizione e un lavoro senza precedenti, ha lavorato per garantire la disponibilità di acqua nella giungla. Questo sforzo meritava davvero un riconoscimento. Avevano sacrificato le loro comodità personali e donato una nuova vita a tutti. Durante la riunione è stato deciso un giorno propizio per la cerimonia di distribuzione dei premi, che sarà una grande festa.

Sotto il grande albero di banyan, un grande palco era splendidamente decorato. La responsabilità di gestire il programma è stata affidata all'elefante Appu, che ha preso il comando con un microfono in mano. Tutti i residenti di Kanjakvan erano presenti all'evento, occupando i loro posti sulle sedie. Veeru, rappresentante del giovane gruppo scientifico, ha condotto i lavori. Quando il nome di Veeru è stato chiamato per ricevere il premio, l'intero pubblico lo ha accolto con un applauso. Appu, l'elefante lo ha sollevato sulla schiena e ha girato intorno all'intero palco. Il suono degli applausi risuonò, riecheggiando in tutta la foresta. Con programmi culturali e la distribuzione di prasad, l'evento si è concluso con successo. Negli occhi della scimmia Manu spuntano lacrime di gioia e il suo volto si illumina di un sorriso trionfante. Dopo tutto, Veeru era suo figlio e oggi veniva onorato. Oggi rimpiangeva le volte in cui aveva rimproverato Veeru durante l'infanzia e lo prendeva in giro mentre studiava. Quando Veeru è sceso dal palco con la medaglia, è andato direttamente dal padre e si è inchinato per toccargli i piedi. Ma la scimmia Manu non si è lasciata sfuggire questa occasione. Si spostò in avanti per abbracciare il figlio. La nuova invenzione da lui realizzata aveva accresciuto il suo orgoglio.

Ricarica per la pompa a mano

La vita degli abitanti di Kanjakvan divenne un po' più facile con l'aiuto dell'acqua facilmente accessibile. Ora non dovevano più andare al vicino Champakvan per ogni secchio d'acqua. Tutti gli abitanti della foresta lodarono Manu Veeru e vissero felici per anni. Veeru aveva superato gli esami di dodicesimo grado con ottimi voti.

Un giorno gli abitanti di Kanjakvan si riunirono in assemblea. Si sono congratulati con i rispettivi figli per gli eccellenti risultati degli esami, che erano il tema principale dell'incontro. Fu deciso all'unanimità che la domenica successiva sarebbe stata organizzata una grande festa a Kanjakvan, dove si sarebbero riuniti tutti gli animali e le loro famiglie. Durante la festa, hanno pianificato di discutere i futuri piani educativi per i loro figli.

La domenica sono state sistemate delle sedie vicino all'albero di banyan più grande. A poca distanza, c'erano tavoli per il cibo e disposizioni per l'acqua. All'improvviso, tutti notarono che Chimpu, la giraffa, stava ondeggiando il suo lungo collo, cercando di dire qualcosa. Tuttavia, nessuno riusciva a capire cosa stesse cercando di dire. Il banchetto non era ancora iniziato. La cucina è stata preparata nel parco vicino. L'aroma dei piatti accelerava la fame degli ospiti. Tutti si sentivano famelicamente affamati e aspettavano con impazienza il gustoso cibo. I loro occhi iniziarono a fissare i tavoli che di lì a poco si sarebbero riempiti di una varietà di piatti.

In questa attesa, alcune persone camminavano avanti e indietro. Alcuni erano pazientemente seduti sulle sedie. I bambini hanno ballato al D. J.

Chimpu, la giraffa, cercava ripetutamente di dire qualcosa. Nessuno ha prestato attenzione a lui a causa del gran rumore che c'era. Inoltre, Chimpu non riusciva a parlare in modo chiaro. Dopo un po', l'elefante Appu lo notò, lo chiamò affettuosamente e gli chiese: "Chimpu, cosa ti preoccupa? È da molto tempo che cerchi di dire qualcosa. Dimmi, che cosa c'è?"

"Appu nonno! Guarda, la pompa a mano non funziona. Questo creerà dei problemi. Non rovinerebbe il divertimento della festa?

?" Chimpu riuscì a esprimere la sua preoccupazione, ansimando mentre parlava.

L'Elefante Appu lo rassicurò dicendo: "Chimpu, mio caro! Non preoccupatevi. In ogni caso troveremo una soluzione al problema. Vieni con me".

La giraffa Chimpu e l'elefante Appu si dirigono entrambi verso la pompa a mano. Una volta arrivati, videro Manu Monkey in piedi con suo figlio Veeru. Veeru azionava la pompa a mano e Manu beveva l'acqua.

Vedendo questo, gli occhi di Chimpu si allargarono per lo stupore. Quando Appu lo guardò con aria interrogativa, Chimpu balbettò e disse: "No, no, sto dicendo la verità. Quando ho azionato la pompa a mano poco fa, non avevo acqua. Per questo sono venuto a informarvi".

Veeru lo consolò: "Chimpu, hai ragione. È vero che la pompa a mano non forniva acqua fino a pochi minuti fa. Anche quando l'ho azionato, l'acqua non è uscita immediatamente. Ma sapevo dove trovare il tagliando di ricarica della pompa a mano. Versando un po' d'acqua nella pipa con un bicchiere o una tazza e azionando continuamente l'impugnatura, la pipa si ricarica. Poi ricomincia a erogare acqua. Ho fatto lo stesso e ora potete vedere che funziona. Non dovete preoccuparvi se in futuro dovrete affrontare lo stesso problema. Basta applicare lo stesso trucco e ricaricarlo con una tazza d'acqua".

Tutti gli animali erano molto soddisfatti della presenza mentale di Veeru. Chimpu ha applaudito e si è messo a ridere. Ora, tutti si sono goduti la festa.

La giornata del campione

Sheetal e Sunny erano fratelli. Tra i due c'era una differenza di età di otto anni.

Sheetal era la primogenita dei genitori, mentre l'arrivo di Sunny in famiglia è avvenuto otto anni dopo quello di Sheetal. Questa storia è iniziata quando Sunny aveva tre anni e Sheetal ne aveva compiuti undici. Sheetal la amava fratello troppo. Si è anche occupata di lui  seguendo le istruzioni dei genitori. Poiché Sunny non era un bambino cresciuto, non era in grado di giocare a tutti i giochi che le piacevano. Aveva un suo tipo di giochi che era solito fare. Per questo motivo, Sheetal aveva bisogno di un altro compagno di gioco per giocare con lei.

Suo padre Venkatesh ha trovato una soluzione al suo problema. Ha dato alla figlia una buona compagnia diventando suo amico. La impegnava nei compiti, la portava a spasso e giocava con lei. Sheetal giocava con i suoi amici a scuola e godeva della compagnia degli amici del quartiere. Eppure, giocare con suo padre era la cosa più divertente per lei.

La domenica Sheetal e suo padre giocavano a scacchi. Radhika, la madre di Sheetal, è rimasta impegnata nelle faccende domestiche o nel lavoro d'ufficio. Ogni volta che aveva del tempo libero, doveva occuparsi di suo figlio e fargli imparare cose nuove.

Papà amava il gioco degli scacchi. Ha iniziato ad allenare sua figlia per imparare a giocare a questo gioco all'età di sei anni. I bambini di solito hanno una mente acuta. Imparano cose nuove più velocemente degli adulti. Anche Sheetal ha imparato rapidamente ad abbellire la scacchiera con le pedine e a padroneggiare le mosse corrette.

Venkatesh sognava che sua figlia diventasse una campionessa di scacchi come il grande Vishwanathan Anand. Per quanto impegnato, non ha mai perso la lezione di scacchi per allenare la figlia.

Quando padre e figlia si sedettero di fronte alla scacchiera, sembrava che stessero per giocare. Invece si trovavano in un campo di battaglia dove ogni squadra è determinata a vincere. A volte papà catturava il cavaliere di Sheetal, altre volte i suoi pedoni. A volte, la avvertiva dicendo: "Guarda, Sheetal, la tua regina se n'è andata". Poi Sheetal iniziava a piangere: "Papà!".

Dopo un po', papà diceva: "Sheetal, il tuo re è sotto controllo. E poi, scacco matto". Poi si infastidiva. La donna mostrava la sua rabbia ribaltando l'intera scacchiera.

"Ora, non voglio giocare con te. Mi stai imbrogliando nel ioco.

Non ho più intenzione di parlare con te".

In realtà Sheetal aveva una forte avversione per la sconfitta. Che si tratti di studio o di gioco, voleva solo vittorie nella sua parte. Tuttavia, nel gioco degli scacchi non era ancora molto abile e di solito faticava a vincere. Papà era un eccellente giocatore di scacchi. Sheetal non aveva altri amici con cui giocare a scacchi. Spesso finiva per perdere contro suo padre. La mamma era impegnata, Sunny era troppo giovane e lei doveva giocare con il padre.

Una domenica papà disse: "Sheetal, vieni. Giochiamo. Portate la scacchiera insieme ai pezzi".

Sheetal non era affatto interessato. Lei rifiutò: "No, padre. Non ho voglia di giocare".

"Oh! Mia cara, cosa è successo? Andiamo. Affrettatevi. Ti divertirai molto", ha insistito.

"No, papà. Ho molti compiti da fare".

"Andiamo, cara. Oggi è un giorno di riposo. Puoi fare i compiti più tardi".

In realtà, il problema non erano i compiti. Il problema era lo stesso. Una ragazza a cui è sempre piaciuto essere una vincitrice, non era ancora diventata così esperta da vincere la partita con suo padre. Non le piaceva perdere e suo padre non le permetteva di vincere quando giocava con lui. Quando il padre Venktesh continuò a insistere per giocare, lei disse: "Non voglio giocare con te perché so che non vincerò nemmeno questa volta". Dicendo questo, voltò il viso dall'altra parte.

"Oh! Mia adorata bambina, non arrabbiarti". Il padre cercava di accontentare la figlia. A volte, quando i bambini si arrabbiano, sembrano così carini, così sembrava Sheetal. Suo padre dovette fare molti sforzi per tirarla su di morale ancora una volta e renderla pronta a giocare.

"Sei la mia figlia coraggiosa. Non arrendetevi mai prima di giocare, perché giocare è il passo principale verso la vittoria". L'idea le balzò in mente e si preparò a giocare.

Questo si chiama spirito di sportività. Che si tratti di gioco o di vita, dovete concentrarvi sulla vostra parte, prepararvi e dare il meglio di voi stessi. Non temete il risultato.

Poi d iniziò a mormorare: "Ho anche paura di perdere".

Sentendo questo, un sorriso apparve sul volto di Sheetal. Non era più preoccupata per il risultato. Poi è iniziata la partita.

"Quando ero piccolo, giocavo con tuo nonno. Anch'io piangevo quando perdevo, proprio come te. Fu allora che tuo nonno mi disse: "Ascolta, Venkatesh! Considerate la sconfitta come una maestra. Imparate dai vostri errori e preparatevi alla vittoria. Un giorno diventerai un campione", ha continuato Venkatesh giocando".

Poi, voltandosi verso la cucina, chiamò la moglie: "Ascolta, Radhika! Dove si trova il nostro pubblico. Abbiamo bisogno che creino un ambiente allegro per tirare fuori il meglio dai giocatori. Venite a sedervi con noi. L'incontro sta per iniziare.

Ben presto due giganti giocarono alla battaglia degli scacchi. Sheetal e suo padre erano i protagonisti. Sua madre e suo fratello erano il pubblico. Hanno continuato a rallegrare i giocatori di tanto in tanto.

Sheetal era molto felice e disse: "Vieni, papà. Questa volta ti sconfiggerò".

Papà preparò la scacchiera e vi sparse i pezzi. Mi ha chiesto: "Dimmi, giocherai come nero o come bianco?"

"Bianco".

Venkatesh e Sheetal sistemarono i pezzi degli scacchi sulla scacchiera.

Hanno disposto tutti i pezzi in un ordine. Nella prima fila, hanno messo la torre nella prima casella, il cavaliere nella seconda, l'alfiere nella terza, la regina nella quarta, il re nella quinta, il cammello nella sesta, il cavaliere nella settima e la torre nell'ottava". Papà ha sistemato tutti i pezzi per il suo lato e Sheetal per il lato di lei. Aveva sistemato tutti i suoi pezzi in una fila sul suo lato. Poi il padre la aiutò a sistemare i pezzi rimanenti. La partita iniziò e presto il numero di pezzi catturati aumentò sul campo di battaglia.

L'attenzione di papà era costantemente concentrata sulle emozioni che emergevano dal volto di Sheetal.

Il gioco è stato piuttosto interessante. Sheetal applaudiva forte quando sentiva che suo padre avrebbe perso la partita. Ha gridato: "Mamma, questa volta vincerò io".

Poi la mamma dava una pacca sulla schiena a Sheetal e il papà fingeva di piangere.

Sunny e la mamma hanno continuato ad alzare il morale dei giocatori applaudendo continuamente. In quel momento, papà percepì che Sheetal si stava innervosendo. Quindi, il papà ha deliberatamente iniziato a perdere e questa volta ha lasciato che la figlia vincesse, impegnandosi consapevolmente. Sheetal era molto felice della sua prima vittoria nel gioco degli scacchi.

La mamma ha detto: "Forza, sbrigatevi, impacchettate in fretta il gioco e andate al tavolo da pranzo per il pranzo".

E tutti si sono recati al tavolo da pranzo per il pranzo.

In questo modo, giocando e divertendosi, Sheetal ha compiuto undici anni. Il duro lavoro di Venkatesh ha dato i suoi frutti. Negli ultimi cinque anni si era distinta nel gioco degli scacchi. Ha partecipato a diversi tornei nella sua città e nel suo distretto, ottenendo vittorie in molti di essi.

Anche oggi c'era un torneo di scacchi in cui Sheetal aveva vinto una medaglia d'oro. Tutti i membri della famiglia si sono uniti alla cerimonia da dove sono tornati a casa con la medaglia. Venkatesh si sentiva particolarmente fortunato oggi. Disse a sua moglie Radhika:

"Ricordi quel giorno in cui il nostro È nata Sheetal e mia madre l'ha derisa per aver dato alla luce una bambina? Proprio quel giorno decisi che l'avrei resa così capace da portare onore al nome della nostra famiglia. Oggi, se mia madre fosse viva, si sentirebbe orgogliosa della nostra cara nipotina".

Radhika annuì in segno di assenso. Ora guardava verso il cielo e ringraziava gli dei del cielo per tutto ciò che di buono c'era nella loro vita.

L'arcobaleno colorato di Bholu

Bholu cattivo

C'era una volta un ragazzo di nome Bholu. Era un ragazzo molto carino, bello e un bambino paffuto di dieci anni. Bholu era un po' malizioso e dispettoso, oltre che intelligente. I genitori di Bholu e tutti i membri della sua famiglia gli volevano molto bene. A Bholu non piaceva andare a scuola. Ma i genitori non gli consentivano di rimanere a casa in un giorno di scuola. Anche se gli era stata  spiegata l'importanza dell'istruzione e voleva studiare anche lui. Ma non è riuscito a concentrarsi a lungo sugli studi. Qualunque cosa i suoi insegnanti insegnassero in classe, lui non riusciva ad apprendere molto. Guardava per un po' verso l'insegnante, poi abbassava la testa e si metteva a guardare.

Per evitare la paura di essere interrogato, spesso cercava di guardare in qualsiasi altra direzione.

Un giorno Bholu andò a scuola. L'insegnante di scienze annunciò alla classe: "Bambini, domani farò un test per la classe..."... Dovete tutti leggere attentamente il capitolo e venire preparati". Tutti i bambini hanno fatto un cenno di assenso. Quando Bholu tornò a casa, iniziò a suonare. Ha dimenticato che doveva prepararsi per l'esame. Quando la partita è finita, si è goduto il cibo, ha guardato la TV e si è addormentato. Al mattino, mentre si preparava per andare a scuola, si ricordò del test.

"Oh! Yaar Bholu! Cosa farete lì? Non avete

studiato affatto?" Stava parlando da solo.

"Devo trovare una soluzione. Altrimenti sarà un grosso problema per me".

Bholu pensò di prendersi un giorno di vacanza da scuola in quel giorno. Poiché non aveva studiato per il test, il rimprovero era inevitabile. Poi l'idea lo colpì. Decise di provare quell'idea. "Mamma, mamma", gridò Bholu.

Sua madre corse da lui.

"Qual è il problema? Non ti stai preparando per la scuola? Il tuo scuolabus deve arrivare presto", gli chiese la madre.

"No, mamma. Non posso andare a scuola", "Perché? Che cosa è successo?"

"Mamma, ho un forte mal di pancia".

La madre, sentendo questo, era preoccupata. Non poteva mandarlo a scuola in queste condizioni. Gli ha chiesto di scrivere una domanda di congedo e di consegnarla all'amico. Il trucco di Bholu aveva lavorato. Era molto contento. Fece come gli aveva detto la madre e iniziò a pianificare come trascorrere l'intera giornata. "Ora mi divertirò a casa". Bholu pensò .

Quando la madre gli era vicina, fingeva di essere malato, ma non poteva continuare a lungo.

Nel pomeriggio si sente affamato. Pensò che sua madre avrebbe portato del cibo delizioso per lui. Ma non è riuscito nella sua missione. Sua madre lo rimproverò.

"Figliolo, quando sei malato non puoi mangiare ogni tipo di cibo. Anche lo stomaco ha bisogno di riposo. Oggi è sufficiente una soluzione di reidratazione orale (ORS). Prendete anche questo farmaco e riposate. Qualsiasi piatto gustoso vogliate mangiare, potrete mangiarlo un altro giorno. Guarisci presto".

Dopo aver sentito questo, Bholu si mise a piangere. Si sentiva come se avesse creato una ragnatela per sé, come un ragno, e vi fosse rimasto intrappolato. Si è impegnato segretamente a non dire bugie in futuro e a non sottrarsi al lavoro. In seguito Bholu divenne più sincero nei suoi studi.

I problemi di Bholu

Un giorno, durante la lezione di scienze sociali, l'insegnante stava spiegando il capitolo. Quando fu finita, iniziò la conversazione tra il techer e i bambini. Ha iniziato a chiedere ai bambini le loro aspirazioni. Bholu ne aveva un'idea. Era preoccupato di cosa avrebbe detto all'insegnante al suo turno. Proprio in quel momento suonò la campanella e la scuola finì. Tutti i bambini sono tornati a casa. Bholu salì sullo scuolabus. Dopo essersi seduto, ha iniziato ad agitarsi. Non sapeva cosa sarebbe diventato da grande. Quando Bholu è sceso dall'autobus, si è fermato alla fermata più vicina a casa sua. Ha iniziato a muoversi verso casa sua. Vide un mendicante seduto sul ciglio della strada. Bholu si è spaventato. Immaginò di essere vestito di stracci al posto del mendicante che chiedeva l'elemosina. Tuttavia, si è subito ricomposto. Decise che sarebbe riuscito comunque a studiare e ad accettare un lavoro di prestigio per condurre una vita rispettabile. Almeno non era pronto a diventare un mendicante. Bholu arrivò a casa, si cambiò e andò a dormire senza fare altro.

Bholu era seduto nella sala d'esame e si grattava la testa. Aveva un foglio di domande in mano e un foglio di risposte sulla scrivania. Nonostante stesse leggendo le domande del questionario, non riusciva a rispondere nemmeno a una domanda. Chiedendosi cosa fare, iniziò a sfogliare le pagine del suo foglio di risposte. Dopo aver riflettuto un po', iniziò a girare il suo testa per vedere i bambini intorno a lui. Pensò di chiedere a qualcuno, ma la fortuna lo tradì anche in questo caso. Nessun bambino lo guardò, ma l'insegnante lo vide sicuramente. Ora Bholu era molto spaventato. Decise di chiedere aiuto all'insegnante. Prendendo coraggio, si alzò dalla sedia e si rivolse all'insegnante.

"Signore, signore, ci spieghi il significato di questa domanda", chiese all'insegnante.

"L'esame è in corso. È un divertimento? Fai da te. Leggete attentamente le domande, comprendetele e scrivete da soli le risposte sul foglio". L'insegnante rispose con severità.

Bholu si sedette per un po' e poi si avvicinò di nuovo all'insegnante, ripetendo la stessa richiesta. Nonostante il rifiuto di un paio di volte, quando Bholu ha insistito, l'insegnante lo ha rimproverato a voce alta e gli ha dato anche uno schiaffo sulla guancia. Bholu ha gridato forte.

Quando cercò di rimettersi a sedere, cadde a terra con un tonfo. Gli altri bambini presenti nella sala d'esame scoppiarono a ridere a quella vista.

"Bholu, Bholu, cosa è successo?" Bholu sentì una voce. Quando aprì gli occhi, non trovò nessuno vicino a sé.

Quando Bholu sentì di nuovo la voce, si sforzò di aprire gli occhi e vide sua madre in piedi davanti a lui. Stava cercando di tirarlo su. Allora capì che stava sognando. "Figlio, non hai fame? Alzati, lavati le mani e il viso". Ha detto.

Bholu stava ricordando il sogno, la sala d'esame e il foglio delle domande.

"Oh Dio! Che sogno terrificante. Pensavo fosse reale". Pensò Bholu.

Da quel momento, Bholu si dedicò agli studi con serietà e studiò regolarmente.

Uccello nazionale Pavone

Un giorno Bholu stava giocando nel cortile della sua casa. Improvvisamente sentì alcune gocce d'acqua sul viso.

"Oh cosa? Ha iniziato a piovere?" Pensò. Bholu era molto felice. A poco a poco le gocce di pioggia sono diventate più pesanti e poi è iniziato un acquazzone torrenziale. Non appena la madre di Bholu se ne accorse, gridò: "Bholu, vieni nella stanza. Altrimenti l'acqua piovana inumidisce i vestiti. Potresti soffrire il freddo". Si è avvicinata al cortile per chiamare il figlio all'interno. Vide Bholu che ballava sotto la pioggia.

"Vieni Bholu. Smettere di fare il bagno. Prendete un asciugamano e asciugatevi. Guarda, i tuoi vestiti sono completamente inzuppati d'acqua. Vai a cambiarti i vestiti", ordinò.

"No, mamma! Non vengo adesso. Mi piace fare il bagno sotto la pioggia. Per favore, fatemi restare qui ancora per un po'. Ti prego, ti prego, ti prego mia buona madre". Bholu ha supplicato.

"Fai una doccia veloce e vieni dentro. Avevate già fatto il bagno e al mattino. Ora non devi comportarti così, figlio mio".

"Mamma, ti prego". Bholu continuava a chiedere alla madre. La madre era arrabbiata perché Bholu non la stava ascoltando. Si stava ancora godendo la pioggia. Molto spesso accade nelle nostre case quando appaiono alcune differenze tra i due, genitore e figlio. I genitori si preoccupano che i loro figli non soffrano comunque e i ragazzi vogliono godersi la vita a modo loro. Bholu esitava, ma non poteva disobbedire troppo a lungo agli ordini della madre. Entrò in casa, si asciugò e indossò i vestiti nuovi. Poi la madre gli portò un bicchiere pieno di latte caldo. Bholu bevve il latte e si sentì a suo agio.

Anche il padre di Bholu era seduto nella stanza. Bholu si sedette accanto a lui. Ha iniziato a guardare fuori. All'improvviso un forte aroma di pakoras fritte entrò nel loro naso. L'attenzione di Bholu si rivolse alla cucina, dove la madre stava preparando i pakoras caldi.

Bholu andò in cucina. Amava mangiare i pakoras. La madre lo vide e gli chiese: "Bholu, vuoi mangiare dei pakoras?"

Bholu non ha risposto. Rimase in piedi chinando il capo. "Bholu, tua madre ti stava chiedendo qualcosa. Hai risposto?" "Sì, mamma. Ne prenderò un po'". Bholu ha risposto.

"A cosa stai pensando, figliolo? Va tutto bene? Sembra che ci sia qualcosa che la preoccupa."

"Sì, mamma. Hai ragione. Desidero qualcosa. Esaudirai il mio desiderio? Ho sentito dire e visto nelle foto che un pavone danzante è molto bello. Voglio vedere un pavone danzante nella realtà". Ha chiesto Bholu.

Nel frattempo, la madre aveva preparato i pakoras e spento il fornello a gas. Poi iniziò a disporre i pakoras e la salsa su un vassoio.

"Bholu, è vero che i pavoni sono molto belli quando ballano. Sono anche il nostro uccello nazionale. Mi piace anche guardarli ballare perché sembrano così gioiosi in quel momento". Porse dei piccoli piatti a Bholu e disse: "Ora prendi questi piatti e vai lì. Porterò tè e snack. Parliamo lì dopo il tè".

Bholu si diresse verso la sala dove era seduto il padre. La madre lo seguì con gli snack e il tè. È stata una merenda deliziosa. Tutti si sono divertiti.

Al termine, Bholu disse: "Papà, ho qualcosa da dire. Per favore, ascoltatemi".

"Sì, dimmi, figliolo. Cosa vuoi?" chiese il padre. "Papà, hai mai visto ballare i pavoni? Ne ho letto in molti libri e ho anche visto le immagini nei libri televisivi. Ma in realtà non l'ho mai visto. Voglio vedere un vero pavone che balla, padre mio, per favore". Bholu ha supplicato. "Bholu, non è una grande domanda. Possiamo visitare lo zoo e vedere non solo i pavoni ma anche molti altri uccelli e animali". Suo padre ha suggerito.

"Davvero, papà? Possiamo vedere un pavone danzante allo zoo? Voglio vederlo danzare con i miei occhi". Bholu ha insistito.

"Sì, Bholu. Hai ragione. È un piacere per tutti vedere un pavone danzante. La gioia della danza si aggiunge alla sua bellezza. Ma è raramente visibile. Dove troveremo il pavone danzante? Lasciatemi pensare per un po'". Ha proseguito.

Sembra difficile esaudire il vostro desiderio allo zoo. Come un pavone, non danzate mai quando c'è una folla. Potreste trovarne uno nella giungla. Avrete sentito il detto: "Chi ha visto un pavone danzare nella giungla?" Questo proverbio esiste perché il pavone danza in solitudine. Potete guardarlo nascondendovi in un luogo vicino. Di solito vola via se sente qualcuno nelle vicinanze". Suo padre ha spiegato.

"Davvero, papà? È così?" Dicendo questo, Bholu rimase in silenzio. Si sentiva triste. Cominciò a fissare il vuoto. Stava per perdere la speranza che il suo desiderio di vedere il pavone danzante potesse mai essere esaudito.

Sua madre capì lo stato d'animo di Bholu. Lei disse: "Bholu, è un lavoro davvero difficile. Io stesso ho visto i pavoni danzanti solo tre o quattro volte fino ad ora? In realtà i pavoni sono raramente visibili e per trovarne uno danzante abbiamo la minima probabilità?"

Il livello di speranza di Bholu cominciò ad aumentare ancora una volta.

"Davvero, mamma? Come e dove? Dimmi!" Bholu chiese con impazienza.

"Aspetta, ti dirò tutto. Quando viaggiamo in autobus e attraversiamo una giungla, a volte possiamo avvistare dei pavoni danzanti lungo la strada". Sua madre ha spiegato. "Ok!" Ha detto Bholu. Si è lasciato convincere. Era felice di sapere che c'era ancora qualche possibilità di realizzare il suo desiderio.

Dio era stato molto gentile con Bholu. Non dovette aspettare molto. Un giorno, quando Bholu ne ebbe l'occasione, eravamo in viaggio. Stava viaggiando in autobus con i genitori per visitare il villaggio dei nonni. L'autobus passò accanto a una giungla. Il cielo era nuvoloso. Bholu aveva pregato Dio al mattino in silenzio per esaudire il suo desiderio.

Bholu occupava il posto al finestrino, come al solito. Si stava godendo il panorama esterno. All'improvviso, esclamò con gioia. Aveva appena visto un pavone danzare fuori dalla finestra. Non poteva credere ai suoi occhi.

"Che cosa è successo, figliolo?"

"Mamma! Papà! Ho visto un bellissimo pavone proprio ora! Era lì !" Bholu indicò la stessa direzione in cui si trovava il pavone. fuori dalla finestra. Ma non riuscirono a individuarlo perché l'autobus era andato avanti. Poi, durante il suo viaggio completo, amava molti altri pavoni che si aggiravano qua e là.

Bholu era euforico. Il suo desiderio, a lungo coltivato, si era finalmente avverato. Ha ringraziato Dio per aver ascoltato le sue preghiere e averle esaudite in modo positivo.

Un cattivo operaio litiga con i suoi strumenti

Un giorno Bholu andò a scuola. Era seduto in classe. La lezione di hindi era in corso. L'insegnante stava insegnando. Disse: "Bambini, oggi vi insegnerò dei modi di dire e delle frasi".

Tutti i bambini sono diventati un po' più attenti. Era un argomento nuovo per loro. Alcuni modi di dire avevano senso per Bholu, altri no. Pensò: "Va bene. Oggi imparerò i modi di dire a casa. Chiederò alla mamma di aiutarmi in questo senso". Mentre tornava a casa, Bholu continuava a pensare al capitolo dei modi di dire. Arrivato a casa, trovò la madre distesa sul letto mentre accusava forti dolori alla testa. Preoccupato, Bholu le chiese: "Mamma, hai preso delle medicine?"

Dopo aver sentito il suo "no", Bholu ha portato medicine e acqua per la mamma. Prese la medicina e si sdraiò di nuovo. Poi Bholu andò in cucina a cercare qualche cibo. La mamma lo chiamò e gli ordinò di prepararsi un panino con pane, burro, cetrioli, pomodori e salsa. Bholu iniziò a preparare il panino.

"Era circa mezz'ora quando Bholu è entrato in cucina". Sua madre, incuriosita dal ritardo, pensò: "Cosa sta facendo lì fino ad ora? Ci vuole troppo tempo per fare un panino?" Si alzò e andò in cucina per vedere cosa stava succedendo. In quel momento sentiva un po' di sollievo per il suo mal di testa.

Con grande sorpresa, trovò Bholu che faticava a tagliare il cetriolo. Gli chiese il coltello e il cetriolo, dicendo: "Portali qui, Bholu. Taglierò velocemente il cetriolo per te". Bholu rispose: "Mamma, questo coltello è troppo spuntato. Ho cercato di tagliare il cetriolo per molto tempo, ma non ci sono riuscito". Senza dire una sola parola di risposta, la mamma tagliò rapidamente il cetriolo con lo stesso coltello. Bholu si sentì in imbarazzo e iniziò a borbottare. Sua madre disse: "Bholu, un cattivo operaio litiga con i suoi attrezzi. Dato che non riuscivate a tagliare il cetriolo, davate la colpa al coltello. Guarda, il coltello funziona perfettamente". Mentre lo diceva, guardava Bholu con uno sguardo indagatore. Bholu iniziò a sbirciare di lato. Era segretamente felice, non riusciva a contenere la sua gioia e si mise a ballare. Pensò: "Stavo pensando di imparare i modi di dire con la mamma quando, ecco, nel corso della nostra conversazione, la mamma mi ha spiegato uno dei modi di dire. Ora mi è chiaro. Non le ho nemmeno detto nulla. Lei stessa lo sapeva.

. Wow! Mia madre è un genio. Il mio insegnante aveva insegnato lo stesso idioma in classe".

La mamma preparò subito un panino per Bholu e lo servì. Gli piaceva mangiarlo. Nel frattempo, ha preparato anche un frullato per lui. Si scolò l'intero frullato a grandi sorsi. Poi uscirono dalla cucina ed entrarono nella stanza. Poi Bholu si ricordò ancora una volta che sua madre aveva avuto un mal di testa pochi istanti fa.

Mi chiese: "Mamma, come ti senti adesso?"

Lei rispose: "Meglio di prima". Porse a Bholu il bicchiere vuoto e disse: "Per favore Bholu, vai a tenerlo in cucina". Bholu allungò la mano, ma la sua attenzione era altrove; il bicchiere cadde e si frantumò sul pavimento. Bholu fu colto di sorpresa. "Figlio, perché non hai tenuto il bicchiere in modo corretto?" Chiese la mamma.

Bholu, sentendosi in colpa, rispose: "Mamma, ti è caduto prima che potessi tenerlo in mano". Ha cercato di giustificare il suo errore.

Sua madre, con uno sguardo arrabbiato, lo guardò e disse: "Bholu, ora si sta avverando il detto 'il bue che dice cornuto all'asino'. Non sei riuscito a prendere il bicchiere e dici che mi è caduto". Bholu iniziò a grattarsi la testa, cercando di capire il significato di "il bue che dice cornuto all'asino". Sua madre si alzò dal letto e raccolse i pezzi di vetro rotti dal pavimento.

Mostra della scienza

Una volta nella scuola di Bholu sarebbe stata organizzata una mostra scientifica. Il suo insegnante di scienze annunciò in classe: "Studenti, ognuno di voi deve realizzare un modello o un progetto scientifico. La scuola organizzerà una mostra scientifica dopo quattro giorni. Tutti voi dovete portare un modello o un progetto funzionante da mostrarmi entro due giorni".

Bholu iniziò a sentirsi sopraffatto. Pensava che si presentasse sempre un nuovo problema che non voleva affrontare. Ancora ha dovuto affrontarlo. Stava pensando: "Questo modello, non so cosa fare e come?" Chiede consiglio a un compagno di scuola, ma anche l'altro bambino sembra perplesso. Bholu notò che l'intera classe era impegnata a discutere e alcuni studenti circondarono l'insegnante, discutendo di idee. Quando la giornata scolastica finì, Bholu tornò a casa. Andò subito da sua madre e disse: "Mamma, mamma, ci sarà una mostra di scienze nella nostra scuola. Ce l'ha detto il nostro insegnante di scienze. Mi aiutate?"

"Certo, lo farò. Prima di tutto, dimmi cosa vuoi fare".

"Non lo so. Datemi qualche idea per un modello funzionante. È quello che ha detto il mio insegnante".

"Va bene. Ti darò un libro. Leggete e scegliete quello che vi piace". Dicendo questo, la mamma aprì la libreria e tirò fuori un libro sui progetti scientifici. Bholu era molto felice di averlo. Iniziò a leggerlo con impazienza. È vero che qualsiasi compito difficile diventa facile una volta determinato. La pianificazione, la vera dedizione, il duro lavoro e l'entusiasmo sono gli strumenti utili. Continuava a leggere, ma nulla sembrava avere senso. Tutti i progetti di cui aveva letto sembravano troppo difficili. Si sentiva come se non fosse in grado di farcela con nessuno di loro. Improvvisamente, gli occhi di Bholu raggiunsero una pagina in cui si trovava l'intera descrizione di un ascensore. Aveva trovato le risposte a tutte le sue domande. Bholu andò da sua madre e le disse che avrebbe realizzato il modello di un ascensore. La mamma di Bholu, che era ingegnere, fu contenta della sua scelta. Insieme, hanno raccolto tutti i materiali necessari per il modello: una grande tavola di legno, alcuni chiodi, fili e carrucole. Con l'aiuto di questi materiali, Bholu e sua madre hanno creato un modello di ascensore. Poi Bholu si ricordò che una volta aveva ricevuto un set di bambole come regalo di compleanno.

"Perché non trasformarli in passeggeri che salgono e scendono in ascensore? Wow! Che idea fantastica!".

Quando il modello dell'ascensore era pronto, funzionava davvero. Ha dimostrato il funzionamento di un ascensore. Bholu era molto felice. Ha ringraziato di cuore la mamma per avergli sempre dato una mano. Bholu ha scritto una descrizione dettagliata per spiegare il funzionamento del suo ascensore.

Quando si è svolta la mostra scientifica, la scena è stata straordinaria e unica. Tutti i bambini hanno portato vari progetti/modelli. Uno studente ha costruito una campana per catturare i ladri, un altro ha dimostrato il meccanismo di un'eruzione vulcanica. Uno di loro ha affrontato il tema dell'inquinamento ambientale, mentre un altro ha realizzato il clone di una pecora. C'erano anche molti altri progetti. Anche Bholu ha presentato il suo modello di ascensore alla mostra nel migliore dei modi. Quando è stato il suo turno di presentare, ha spiegato nei minimi dettagli il funzionamento del suo sistema di sollevamento.

Si trattava di una versione in miniatura dell'ascensore utilizzato come alternativa alle scale negli edifici. Tutti gli insegnanti e il preside hanno lodato l'intelligenza e la maestria di Bholu.

L'arcobaleno colorato di Bholu

Un giorno, Bholu si addormentò nel pomeriggio. Non aveva idea di quanto tempo fosse passato mentre dormiva. Quando si svegliò, il sole era già tramontato ed era arrivata la sera. Appena sveglio, si recò nell'orto della sua casa. C'erano molti alberi da frutto, fiori e piante di ortaggi. A Bholu piaceva passare il tempo in giardino. Ma quel giorno il verde e i colori avevano un aspetto diverso dal solito. Tutte le piante sembravano sorridere a Bholu. Le foglie di tutte le piante avevano un aspetto splendente e i fiori sbocciavano con piacere. I petali dei girasoli ondeggiavano vigorosamente come se lo accogliessero.

"Ehi! C'è qualcosa di speciale oggi?" Bholu pensava tra sé e sé. Improvvisamente gli occhi di Bholu furono attirati verso il cielo senza alcun motivo apparente.

"Madre! Madre! Venite a trovarci presto. Guardate, c'è un arcobaleno nel cielo. Mamma, vieni qui, presto!". Bholu non riusciva a contenere la felicità. Non aveva mai visto un arcobaleno così bello. La sua gioia era chiaramente evidente nella sua voce. Sua madre, sentendo la voce di Bholu dall'interno della casa, lo cercò e uscì.

"Che cosa è successo, Bholu?"

"Mamma! Guardate lassù, l'arcobaleno". Bholu indicò eccitato il cielo.

"Oh wow!" Anche sua madre guardò il cielo con gioia.

"Mamma! È così bello. Perché l'arcobaleno non appare tutti i giorni?" Bholu chiese innocentemente.

"Figlio, l'arcobaleno si forma in alcune condizioni specifiche dopo la cessazione della pioggia. È allora che è visibile nel cielo. Vieni, Bholu, sediamoci lì e parliamone ancora". Si sedettero su una panchina in giardino. Sua madre ha spiegato: "La luce bianca è composta da sette colori. Sebbene in condizioni normali appaia come bianco, in circostanze particolari si divide in sette colori. Si presenta come una banda di sette colori in uno schema particolare. Sembra davvero bello e chiamato arcobaleno. È possibile vedere questo schema di colori anche nel laboratorio di fisica con l'aiuto di un prisma. Il vostro insegnante può aiutarvi in questo senso".

"Mamma, non capisco. Quale prisma nel cielo divide la luce in sette colori?" Bholu chiese con grande innocenza. "Bholu, oggi hai fatto una domanda molto intelligente. Ascoltate, quando le precipitazioni sono abbondanti per un periodo prolungato, si forma uno strato d'acqua nell'atmosfera. Anche quando la pioggia cessa e il sole torna a essere visibile, questo strato rimane per qualche tempo. Questo strato, costituito da gocce d'acqua, agisce come un prisma. Quando la luce del sole lo attraversa, si rifrange e si divide in sette colori in un ordine specifico, creando un bellissimo e incantevole arcobaleno nel cielo".

Bholu trovò davvero affascinanti le informazioni fornite dalla madre. In una giornata di sole, mentre faceva i compiti seduto in cortile con una penna di Reynolds in mano, vide un disegno simile di sette colori che assomigliava esattamente alla arcobaleno che aveva visto in precedenza nel cielo. Era felicissimo e pensava.

"Sto sognando? Non è un piccolo arcobaleno qui sul mio quaderno?

? Cosa ha reso possibile la formazione qui?"

La sua attenzione si spostò poi sulla penna di Reynolds che teneva in mano.

"Ok. Ora capisco. Il corpo trasparente di questa penna Reynolds è diventato come un prisma. Qui la luce bianca del sole che passa si è divisa in sette colori. Ecco perché sulla mia copia si vede un piccolo arcobaleno. È un piccolo arcobaleno". Il piccolo e delizioso arcobaleno di Bholu. Pensando a questo, Bholu non riuscì a trattenersi. Bholu continua a giocare con il suo piccolo disegno arcobaleno colorato e si diverte molto. Poi corse via per raccontare la sua nuova esperienza scientifica alla madre.

Il venditore di gelati

È estate. Fuori dal cancello della scuola di Bholu, ogni giorno c'è un venditore di gelati. Bholu lo vede tutti i giorni. Bholu ha voglia di tirare fuori i soldi dalla tasca e di comprare velocemente il suo gelato preferito. Ma non ha mai soldi in tasca. Molti bambini della scuola di Bholu comprano il gelato dal venditore ogni giorno. A Bholu piace tutto questo. Anche lui è appassionato di gelati.

Vedendoli gustare i gelati ogni giorno, gli viene ancora più voglia di mangiare un gelato.

Un giorno, quando Bholu vide i suoi compagni di classe mangiare un gelato lì, non riuscì a trattenere le lacrime. Improvvisamente si rende conto di essere ancora più povero di Rachit. Anche se in realtà non è vero. I genitori di Bholu hanno molti soldi. Vivono in una grande casa e hanno tutto ciò che hanno i ricchi. Eppure Bholu si sente a volte un poveraccio.

"Bholu non ha soldi propri. Può chiedere denaro ai suoi genitori per una causa autentica. Ma per il gelato non ha soldi". A volte pensa. "Come fanno questi bambini ad avere i soldi per comprare e mangiare tutto quello che vogliono? Non ottiene mai una risposta a questa domanda.

Un giorno, Bholu cercò di parlare con Shivansh, uno dei suoi compagni di classe. Gli raccontò le cose che lo preoccupavano. Shivansh gli disse che possedeva il suo denaro, chiamato paghetta. Bholu non conosceva nemmeno il significato di paghetta. Pensava che la paghetta si riferisse al denaro tenuto in tasca. Ma Shivansh gli ha detto che riceve regolarmente dei soldi da suo padre, cioè la paghetta. Bholu si sentiva un po' geloso di Shivansh.

Quel giorno, quando Bholu vide Rachit mangiare un gelato, anche a lui venne voglia di mangiarlo. All'improvviso, a Bholu venne in mente un pensiero e cominciò a sorridere. Ha deciso che non importa come, potrà assaporare il gusto del gelato; dallo stesso venditore di gelati che si trova regolarmente davanti al cancello della scuola.

Il giorno dopo, finita la scuola, Bholu andò dal gelataio con grande orgoglio e tirò fuori dalla tasca una moneta da venti rupie. Avanzando verso il gelataio, disse: "Fratello, per favore, dammi un gelato".

"Quale gusto preferisce?" Chiese il negoziante, guardando Bholu.

"Quella barretta di mango?" Bholu puntò il dito verso una foto sulla bancarella. Il gelataio gli ha dato una barretta di mango. Bholu ha gustato il suo gelato con piacere. Dopodiché, Bholu tirò fuori con calma un fazzoletto dalla tasca, si pulì la bocca e le mani e salì comodamente sullo scuolabus.

Seduto nell'autobus, Bholu ha provato per un po' il gusto e la gioia del gustoso gelato. Dopo qualche tempo, la gioia svanì e iniziò a sorgere un senso di colpa. Cominciò a pensare che, grazie alla sua testardaggine, aveva realizzato il suo desiderio di mangiare il gelato, come desiderava. Ma per farlo ha dovuto rubare dei soldi dalla borsa di sua madre e questo lo ha rattristato.

"Avrei voluto godermi il gelato senza rubare dalla borsa della mamma. Sì, sarebbe stato giusto. Oggi ho fatto una cosa sbagliata per la prima volta. Ecco perché non mi sento bene. Rubare non va bene. Il mio insegnante me l'ha detto.

Anche allora ho rubato una somma di venti rupie. Non devo averlo fatto". Bholu rimase a lungo in quel senso di colpa.

Bholu ora provava veramente rimorso per le sue azioni sbagliate. Decise che in futuro non si sarebbe mai impegnato in un'attività così sbagliata, per quello che avrebbe rimpianto in seguito. Se vuole mangiare un gelato, cercherà di convincere mamma e papà insistendo sul suo. Non appena Bholu prese questa decisione, sentì una profonda pace interiore. L'autobus si è fermato vicino a casa sua. Bholu scese e si diresse verso casa sua con un altro proposito: raccontare alla mamma delle venti rupie rubate dalla sua borsa e chiederle di perdonarlo. Bholu era molto soddisfatto della sua decisione.

Il regalo di compleanno speciale di Bholu

Bholu aveva rubato venti rupie dalla borsa di sua madre. In questo modo, aveva soddisfatto il suo forte desiderio di mangiare il gelato. Si dice che chi si perde al mattino non può essere definito un perdente se ritrova la strada di casa la sera. Anche Bholu ebbe un senso di rimorso dopo aver rubato venti rupie. Aveva deciso di non rubare mai più in futuro. Non temeva che sua madre lo avrebbe rimproverato se fosse venuta a sapere della somma mancante. Decise di ammettere il suo errore e di scusarsi con la madre senza preoccuparsi della punizione che avrebbe ricevuto.

avere. D'altra parte, la mamma di Bholu non ha prestato molta attenzione a questo aspetto a casa. Quella sera, quando ebbe bisogno di qualche spicciolo dalla sua borsa, sentì che dovevano esserci delle monete. Le venne in mente di chiedere a Bholu se avesse preso del denaro per una causa. Bholu stava già pensando di raccontare tutto a sua madre. Lo ha fatto senza perdere tempo. Lui ammise il suo errore e le disse che aveva preso venti rupie dalla sua borsa per comprare un gelato. La mamma di Bholu non lo ha rimproverato. Ma è rimasta sciocca per un po'.

"Oh, mio caro! Devi avermi parlato del tuo desiderio". Ha detto. Tuttavia, era soddisfatta che il figlio si fosse scusato per il suo errore.

Disse a Bholu: "Bholu, non aver paura di dirmi se ne vuoi in futuro. Se ne hai davvero bisogno o desideri averlo, puoi anche convincermi ad accettare".

In seguito, la mamma di Bholu, insieme a Bholu, ha preparato il gelato a casa. Hanno mangiato un dolcetto insieme.

Tuttavia, questo non era un problema da poco per la mamma di Bholu. Non poteva dimenticarlo facilmente, né voleva dimenticarlo. Bholu era il suo unico figlio. Non voleva lasciare alcuna lacuna nella sua educazione. Come ogni genitore, non voleva che il suo Bholu diventasse un ladro. Rabbrividì al solo pensiero. Le radici di qualsiasi illecito prendono piede quando vengono ignorate fin dall'inizio, soprattutto quando passano inosservate. Fu allora che decise di parlare della questione con il padre di Bholu.

Qualche giorno dopo, si avvicinava il compleanno di Bholu. La mamma e il papà di Bholu avevano intenzione di fargli un regalo a sorpresa. Sapevano che il loro figlio Bholu era un po' birichino ma anche intelligente. Anche lui era obbediente. Quando gli si parlava dei pro e dei contro di una cosa, era in grado di capire le cose come stavano. Hanno deciso di regalare a Bholu un Pocket Money per il suo compleanno. Gli dissero: "Bholu, d'ora in poi riceverai ogni mese una piccola paghetta, che potrai spendere saggiamente o imparare a risparmiare". Bholu ha gradito molto il regalo speciale a sorpresa per il suo compleanno.

Bholu ha toccato i piedi di mamma e papà e ha ricevuto la loro benedizione. Li ha anche ringraziati per questo speciale regalo di compleanno. In seguito, Bholu decise di diventare un ragazzo responsabile e sensibile. La maggior parte della paghetta che riceveva la metteva nel suo salvadanaio. Ogni volta che aveva bisogno di qualcosa

avrebbe fatto in modo saggio. Un giorno, quando aprì il suo salvadanaio, fu sorpreso di vedere una somma così grande che aveva raccolto. Era molto contento. Ne parlò a sua madre e chiese: "Posso spendere i miei risparmi?"

Sua madre gli ha dato il permesso di spendere i soldi. Poi è andato al mercato per comprare un set di altoparlanti nuovi per il suo computer.

Shivalik

La bambola e l'orsacchiotto

Sulla strada Nanhe Gaon per Kalpanagar, c'è una casa molto grande. La grandezza del L'edificio è evidente a prima vista. Nanhe Gaon Road è una strada principale piuttosto trafficata. Se vi capita di andarci, le luci stellari di questo magnifico edificio cattureranno la vostra attenzione dalla strada.

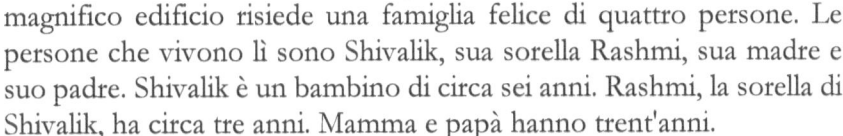

stesso. Potreste sentire che Diwali si sta avvicinando. All'interno di questo magnifico edificio risiede una famiglia felice di quattro persone. Le persone che vivono lì sono Shivalik, sua sorella Rashmi, sua madre e suo padre. Shivalik è un bambino di circa sei anni. Rashmi, la sorella di Shivalik, ha circa tre anni. Mamma e papà hanno trent'anni.

Shivalik e Rashmi sono fratelli. Shivalik va a scuola e Rashmi, essendo più giovane, rimane a casa. Anche la sua prima educazione avviene in casa. Entrambi i fratelli sono piuttosto intelligenti e vivaci. Shivalik condivide con tutti a casa le cose interessanti che impara a scuola. La mamma ascolta e anche Rashmi. La mamma insegna un po' a Rashmi. Rashmi ha già imparato molte piccole poesie e passa l'intera giornata a recitarle girovagando per la casa. Le piace anche creare e pasticciare sulla carta con matite colorate. Disegnare linee, fare confusione sulla carta. Le piacciono molto queste attività piene di malizia e divertenti. Entrambi i bambini giocano spesso nsieme.

Oh sì, non vi ho ancora presentato le bambole del museo delle bambole. Cominciamo dall'esterno verso l'interno. Ci sono molte stanze nella casa e un grande prato. Nel prato ci sono molte piante. All'interno della casa, c'è un grande salotto con mobili, una TV e due armadi. Hanno porte in vetro, si possono anche chiamare vetrine. Mi riferisco a loro come al museo delle bambole. E perché lo faccio? Qui si trovano molti giocattoli e oggetti decorativi. Ci sono auto di piccole dimensioni, da quelle di vecchio stampo a quelle moderne. Ci sono elefanti giocattolo, cavalli, soldati e persino robot. Oltre a tutti questi, c'è un bellissimo orsacchiotto Bhanu e un'adorabile bambola Sara.

Quando qualcuno entra nella stanza, l'orsacchiotto sorride e dà il benvenuto a tutti. La bambola dorme tutto il tempo e raramente apre gli occhi. Sia l'orsacchiotto che la bambola nelle vetrine si trovano sulle pareti l'una di fronte all'altra. Per questo l'orsacchiotto guarda sempre la bambola e aspetta che si svegli.

su. In questo modo, si è innamorato della bambola e ha iniziato a considerarla sua. A volte, quando Rashmi tira fuori la sua bambola dall'armadio per giocare con lei, l'orsetto gradisce molto.

Oggi Bhanu è molto triste. Quando Bhanu si svegliò, Sara stava ancora dormendo. "Va bene? Dorme tutto il giorno come se non avesse un lavoro. Perché non si sveglia in orario come me? Anche quando si sveglia, fa un sonnellino o guarda qua e là. A volte mi vede per sbaglio. E io? Ho passato tutto il giorno a fissarla". Bhanu continua a stare seduto e a pensare sempre.

"E cosa posso fare? Quando non c'è altro lavoro da fare per me. Ed è stata vestita nella credenza anteriore. Come posso chiudere gli occhi quando lei è proprio di fronte a me?

? Per essere troppo sincera, ho voglia di giocare con questa bambola. Sembra la mia bambola personale. Qualcuno può dirmi cosa fare?" Bhanu sta riflettendo. La povera creatura Bhanu, vittima del destino, non può fare nulla.

Un giorno, Bhanu sentì Shivalik leggere: "Fai il tuo dovere, non desiderare il risultato". Questo gli fece pensare: qual è il vantaggio di stare seduti a pensare? È necessario un po' di movimento. Così ha cercato di muoversi un po' e, nel tentativo, ha accidentalmente fatto cadere i giocattoli vicini. Il robot lo fissò e le auto iniziarono a fare rumore, cercando di spaventarlo. Poi si sedette in silenzio, completamente composto.

Poi, ha iniziato a ricordare. Ricordava il giorno in cui Shivalik aveva visitato quel grande showroom, dove Bhanu aveva alloggiato.

prima. Vedendolo, quanto era eccitato? Poi ha insistito per acquistare l'orsacchiotto, cioè me. Piangendo, si sedette sul pavimento di quello showroom. Quel giorno, Bhanu si rese conto per la prima volta della sua bellezza.

"E perché no? I ragazzi intelligenti come Shivalik non si emozionano senza motivo. Ci deve essere qualcosa di speciale in me". Pensando questo, Bhanu si sentì orgoglioso e cercò di muoversi, tentando di cadere in grembo a Shivalik. Prima di farlo, una mano si avvicinò a Bhanu per sollevarlo. Forse era la mano del negoziante. Dopo un po' non riuscì più a vedere nulla. Forse aveva già fatto le valigie. A un certo punto si è spaventato. Pensava di essere morto. Aveva sentito dire che quando le persone muoiono, il mondo finisce. Sapeva anche che tutti devono morire una volta nella vita. Anche allora chiuse gli occhi e pregò Dio che non fosse vero. Quando aprì gli occhi, si trovò in una nuova casa. Era come un nuovo giorno per lui.

"Oh, che cos'è questo? Questo è un posto nuovo dove sono arrivato?" Si stava interrogando quando vide Shivalik in piedi di fronte a lui. Dopo qualche tempo venne a sapere che quella era la casa di queste persone. "Dio aveva ascoltato la mia preghiera. Rimarrò qui con questi bambini adorabili. Era solo un negozio, non una casa. Era anche abbastanza affollato". La mamma di Shivalik lo aveva comprato dal negoziante per Shivalik. Pensando a questo, Bhanu iniziò a meravigliarsi di se stesso.

Il lungo naso di Bhanu

"Oggi c'è molta agitazione in casa fin dalle prime ore del mattino. Cosa sta succedendo? Ovunque si respira un'atmosfera di allegria. Ho voglia di scoprire in fretta cosa sta succedendo". Bhanu era seduto davanti alla vetrina di Sara, perso in un pensiero. E cos'altro potrebbe fare quell'orsacchiotto paffuto

? Sembrava che pensare troppo fosse diventata una sua abitudine.

Proprio accanto, c'era un robot. A volte Bhanu sentiva di aver iniziato a pensare come una mente robotica in compagnia di quel robot.

Ricordava il giorno in cui Shivalik lo aveva portato in questa casa in una scatola chiusa. A quel tempo, non era un pensatore profondo.

Anche se non ama pensare troppo, e assolutamente non alle cose inutili. Preferisce giocare e parlare.

Ora, questi due problemi sono entrati lentamente nella sua vita. Certo! Giocare con chi e parlare...? Tutti questi giocattoli sono piuttosto arroganti. Questo robot, chissà cosa pensa di se stesso? Questo soldato e queste piccole auto! Tutti loro si considerano reali. Pensano come se il robot stesse svolgendo un lavoro vero, il soldato, il combattimento vero e le auto che corrono sulle strade vere. A volte, quando parlano, c'è puzza di bruciato. Il loro atteggiamento accondiscendente puzza di arroganza. E il povero Bhanu...! Era un orsacchiotto così innocente, come una bambola innocente, senza inganni, senza esibizioni extra. E sa di non essere inferiore a nessun altro. Per questo motivo cerca di dimenticare ogni comportamento sbagliato.

di chiunque in un breve periodo di tempo. Perché ricordare? Sembra essere piuttosto noioso. Dopo tutto, il suo unico sostegno è Sara. Continua a guardarla. Proprio di fronte a lui, una bella bambola si trova in una vetrina. A volte sembra che stia dormendo e a volte sembra che stia sorridendo. A volte Bhanu si confonde e ha l'impressione che lei arrossisca guardandolo ancora e ancora.

A volte Bhanu sente che si sta innamorando di Sara. Poi si chiede se anche Sara lo ami o meno. Vale la pena di pensarci? È abbastanza semplice che quando stanno insieme tutto il giorno, deve esserci amore tra di loro. E qualcuno deve essere pazzo se, dopo aver trascorso l'intera giornata con qualcuno, non si prova amore per quel ragazzo. È molto difficile definire l'amore o spiegarlo. Pensando a queste cose, sembra che non ci sia una risposta precisa.

Bhanu iniziò ad aspettare e a pregare: "O Sara! Si sveglia presto. In modo da poter giocare insieme".

Finalmente si è svegliata. Svegliarsi tardi la mattina è una sua abitudine. Poiché è una bambola, probabilmente si stanca a stare seduta tutto il giorno. Al contrario, Bhanu è un tipo piuttosto attivo. Potrebbe essere un po' paffuto, ma continua a muoversi e cerca di percepire le vibrazioni intorno per scoprire cosa sta succedendo nelle vicinanze. Chi sta entrando in casa? Cosa si cucina in cucina? E molto altro ancora. Stamattina ha sentito che i bambini sono molto felici di andare a scuola. Rashmi ha anche accompagnato il fratello a scuola con la mamma. Ora è mezzogiorno. L'odore di cibo delizioso gli fa venire l'acquolina in bocca. Bhanu stava pensando che se fosse stato un umano, anche lui avrebbe gustato una varietà di piatti. Ma i giocattoli sono solo giocattoli. Non possono assaggiare il cibo delizioso. Possono solo sentire. Inoltre, si sentono bene quando vedono che i bambini si divertono a mangiare piatti gustosi.

"Sara! Sara! Ascoltatemi!" Bhanu mormorava. La voce non era troppo alta per raggiungerla, anche se gli sembrò che lei avesse sentito la sua voce. Sara guardava verso di lui e sorrideva.

"Sara! Sara! Ascoltate. Sapete perché oggi c'è così tanta eccitazione qui a casa? Guardate, in cucina si cucinano cibi deliziosi. Vi piacerebbe assaggiare questi

?" Bhanu era ansioso di sentire qualcosa da lei.

Sara ha risposto? Anche lei era solo una bambola, una bellissima bambolina. Non disse né sì né no. Girò lentamente la testa e guardò dall'altra parte. A Bhanu sembrò che lei dicesse: "Vai pure a mangiare. Non ho intenzione di mangiare".

Festa di compleanno di Rashmi

Sono le 5 di sera. In casa è iniziato il trambusto. In realtà la mamma ha fatto molti preparativi per festeggiare il compleanno di Rashmi durante la giornata. Il compleanno di Rashmi cade nel mese di giugno. Dato che in questi giorni il clima è caldo, la mamma ha organizzato la festa nel prato all'aperto della casa. Perché usare sempre l'aria condizionata se abbiamo l'apertura, aria naturale che ci circonda. E il piano ha funzionato. L'intero prato era addobbato con luci colorate, festoni e palloncini. In alto, nel cielo, c'era la luce bianca della luna. D'altra parte, sul terreno c'era un'erba verde e rigogliosa. Intorno al prato c'erano piante con fiori e anche loro erano adornati con luci decorative. Lì è stato allestito un palco. Su un lato del prato erano disposti i tavoli per la cena. Vi erano anche posti a sedere per gli ospiti e tutto era splendidamente decorato.

Erano quasi le sei. L'arrivo degli ospiti era iniziato. Nella nostra cultura indiana è previsto che i compleanni vengano celebrati con il culto, la preghiera e rituali come Havan e Yajna. Tuttavia, per la felicità dei bambini più piccoli, gli indiani a volte modificano la forma dei festeggiamenti. A questo proposito, essi introducono il sentimento di fratellanza globale in ogni loro attività. Sarebbe meraviglioso se ogni nazione del mondo, a prescindere da caste o religioni, abbracciasse a cuore aperto tutti gli aspetti positivi dell'altro e non esitasse mai a lasciar perdere gli aspetti negativi, siano essi personali o di altro tipo. Ad essere sinceri, abbracciare il cambiamento è una legge di natura. Quando e quanto, dipende dalla discrezione personale di ognuno.

Le persone nella casa si muovevano. Shivalik andò a casa del suo amico Rahul e, portandolo con sé, chiamò tutti gli altri bambini del quartiere. Tutti i bambini si stavano già preparando. Si sono subito uniti a Shivalik e Rahul. Pinky, Radha e Bhawna sono arrivate. È presente anche Golu.

Anche la casa dello zio di Shivalik si trova nella stessa città, a una certa distanza. Anche loro sono stati visti venire a partecipare alla funzione. Rashmi indossa un bellissimo abito rosa con balze bianche, scarpe, calze e berretto coordinati. È così bella, proprio come una fata del cielo.

Bene, tutti gli ospiti sono arrivati. La mamma e il papà di Rashmi hanno dato un caloroso benvenuto agli ospiti. Hanno iniziato a servire da bere a tutti. Proprio in quel momento, il conduttore fece un annuncio che tutti udirono. Il pubblico si è riunito vicino al palco. Lì si sarebbero svolti diversi giochi. Alcuni giochi erano per i bambini piccoli, altri per i più grandi e tutti gli altri. I vincitori hanno ricevuto anche dei premi. C'erano anche musica e balli. Il conduttore ha invitato tutti al taglio della torta. La piccola fata Rashmi ha tagliato la torta di frutta decorata con le candele. La mamma, il papà e tutti gli invitati hanno fatto una pioggia di fiori sul festeggiato. I bambini hanno applaudito calorosamente. Così la cerimonia del taglio della torta si è conclusa con successo.

Tutti gli ospiti sono stati poi cordialmente invitati a cena. Tutti si sono divertiti molto. Mentre benedicevano i piccoli, hanno salutato la mamma e il papà di Shivalik e Rashmi. Anche i genitori si sono accomiatati da tutti con rispetto, consegnando loro i regali di ritorno.

Diamo un'occhiata a ciò che sta accadendo all'interno della stanza. Le nostre care bambole, Bhanu e Sara, non hanno potuto partecipare alla festa di compleanno dal vivo sul prato. Tuttavia, si godono la musica e le canzoni dall'interno. Ora aspettano con impazienza l'arrivo dei loro cari familiari per unirsi di nuovo a loro.

E ora, i loro momenti di attesa sono giunti al termine.

Sono le nove di sera. Dopo aver salutato gli ospiti, mamma e papà si occupano delle faccende domestiche. Shivalik e Rashmi sono seduti a osservare i regali portati dai loro amici.

E Bhanu...? Cosa sta facendo? Sembra che stia gesticolando verso Sara, come se le chiedesse quale regalo vuole da lui.

La pausa estiva

Oggi è il quinto giorno di giugno. Si celebra la Giornata mondiale dell'ambiente. La mattina sembra così bella. Ieri era il compleanno di Rashmi. Tutti i membri della famiglia erano stanchi e hanno dormito fino a tardi ieri sera. Shivalik non ha dormito fino a tardi. Fino al mattino, si stava svegliando. Non riusciva ad addormentarsi a causa della sensazione di estrema gioia. Un aspetto positivo dei ragazzi è l'entusiasmo per la vita. Sono felici solo perché lo sono. Non hanno bisogno di un motivo specifico per trovare la felicità. La felicità è parte integrante della loro natura e della loro personalità. In effetti, noi, i cosiddetti adulti, possiamo imparare molto da loro, se il nostro ego non viene ferito.

Allora il mondo intero può diventare un luogo di picnic felice in cui vivere.

Shivalik si svegliò alle sei del mattino. Quando la mamma lo vide, rimase molto sorpresa e cominciò a chiedere: "Tarun! Ti sei svegliato così presto? Che cosa c'è?" Tarun è il soprannome di Shivalik.

"Mamma! Dici sempre che tutti i bambini dovrebbero svegliarsi presto al mattino", disse Shivalik con innocenza.

"Mamma! Stamattina andrò a giocare con i miei amici nel parco vicino". Disse con impazienza, guardando verso la mamma.

"Certo, vai pure. Sono molto felice. Chi sono i tuoi amici? Fate attenzione e giocate bene. Verrò anche lì entro un'ora. Mio caro figlio", ha detto la mamma, esprimendo il suo amore per Shivalik.

Tarun prese la mazza da cricket e corse fuori. Mentre se ne va, informa che sta andando con Rahul. Avevano accettato tutte le condizioni poste dalla mamma per giocare all'aperto. Dopo che Tarun se n'è andato, la mamma si è occupata delle faccende di cucina. Doveva preparare la colazione di papà e il pranzo per l'ufficio. Nel frattempo, papà stava facendo la doccia in bagno.

E vediamo cosa fanno Bhanu e Sara alla loro festa della bambola. Bhanu è seduto sul suo scaffale, saltando per l'eccitazione. Il suo cuore desidera uscire a giocare con Shivalik nel parco. Sara è seduta con gli occhi chiusi. Preferisce rimanere a dormire.

"Non capisco perché questa bambola dorma così tanto? Vorrei poterle chiedere se non ha voglia di giocare". Bhanu lanciò un'occhiata a Sara e poi distolse il viso. Si immerse nei suoi pensieri e cominciò a immaginare di non essere una bambola, ma un bambino come Shivalik e Sara una bambina. Entrambi sono anche nel gruppo di bambini di Shivalik nel parco, giocando con una palla. Perso nei suoi pensieri, gli sembrò di essere arrivato lì e di iniziare a godersi il gioco.

Quanto è bello il mondo dell'immaginazione! In essa, tutto appare vero nonostante l'assenza di realtà. Per qualche istante, una persona raggiunge quel mondo e sperimenta la gioia fugace della vita che forse non vivrà mai veramente nella realtà.

Dopo un po', quando la colazione fu pronta, papà fece colazione, prese il suo cestino del pranzo e uscì per andare in ufficio. L'ufficio del padre di Shivalik è a circa dieci chilometri da casa. La mamma inizia a prepararsi per andare al parco. Chiamò amorevolmente Rāshmi, che chiamava affettuosamente Dolly, per svegliarla. Dolly si svegliò subito quando sentì che stavano andando al parco. La mamma chiuse la casa e lasciò Bhanu e Sara nel loro piccolo mondo, dirigendosi verso il parco. Il parco si trovava a cinque minuti a piedi da casa. Quando arrivarono lì, videro dei bambini che giocavano a cricket con grande entusiasmo. Dolly iniziò a dondolarsi sull'altalena perché non era ancora abbastanza grande per giocare con i bambini più grandi.

Bhanu era immerso nel suo mondo. Non aveva mai visto il mondo esterno nella realtà, ma lo aveva visto in televisione di tanto in tanto. Per coincidenza, nel salotto della casa di Shivalik-Rashmi c'era anche una smart TV. Quando un membro della famiglia si sedeva lì, ogni tanto accendeva la TV. Bhānulo trovava molto piacevole e spesso guardava la TV con interesse. Allora non si annoiava mai. A volte guardava le partite di cricket e altre volte ascoltava canzoni. A Bhanu piaceva molto quando i bambini ballavano sulle canzoni. In quel momento, desiderava unirsi al ballo con Sara. A volte, Bhanu è stato fortunato quando gli altri hanno dimenticato di spegnere la TV e sono andati in un'altra stanza. Poi ha guardato la TV come un re e ha aumentato le sue conoscenze.

Comunque, Bhanu e Sara hanno il loro destino. Ma è anche vero che le bambole dovrebbero essere attive, proprio come gli esseri umani. Anche se non in questa vita, i frutti delle azioni si ricevono prima o poi. Tenendo conto di ciò, si dovrebbe continuare a lavorare nella giusta direzione.

Corsi di informatica per madri

Sono le vacanze estive. Tutti in casa sono molto contenti. I bambini sono entusiasti e anche la mamma è molto contenta. Anche la nostra festa delle bambole. Ogni mattina la mamma e i bambini vanno al parco. La mamma spinge dolcemente Rashmi sull'altalena e Tarun gioca con i bambini. Anche la mamma fa una piccola passeggiata nel parco. L'intrattenimento è assicurato per tutto il giorno, compresi giochi al coperto come Carrom, Ludo, Snakes 'n' Ladders, Scacchi e giochi per computer. La mamma prepara spuntini sani per i bambini. Durante la giornata, Bhanu e Sara si parlano a volte a gesti. Non solo, Bhanu impara nuovi trucchi dai bambini e dal robot giocattolo. A volte i bambini prendono tutti i loro giocattoli dallo scaffale e ci giocano. L'intera atmosfera è piena di gioia.

Anche la mamma ha voglia di fare qualcosa di nuovo. Pensa che dopo aver sbrigato le faccende domestiche tutto il giorno, può dedicarsi a qualche lavoro creativo per mantenere viva la sua creatività. Negli ultimi giorni ha pianificato tutto questo, pensando a volte a una cosa o all'altra. Alla fine arriva a una decisione. Ha deciso di iniziare a insegnare online. Dopo l'insorgere di alcune malattie contagiose, la tendenza a frequentare la scuola e le lezioni personali offline è diminuita in modo significativo. Tuttavia, la necessità di educazione non può essere negata in nessun momento. Pertanto, la maggior parte dei bambini ha iniziato a mostrare interesse per l'apprendimento online. In questo modo non solo i genitori non si preoccupano della sicurezza dei loro figli, ma anche gli insegnanti (tutor). La mamma ha una buona conoscenza dei computer. L'ha studiata molto.

Ora, cosa fa la mamma? Ha cercato su Google molti siti di tutoraggio e li ha studiati. Esistono alcuni siti che supportano sia gli studenti che gli insegnanti. La mamma si è registrata come tutor con il nome di Prabha Gupta su uno di questi siti. Ha stabilito il suo programma e ha deciso quando e in quali classi avrebbe insegnato le abilità informatiche. A tal fine, ha predisposto tutto il necessario, come la sedia da tavolo, il computer portatile, il Wi-Fi, ecc. Ha lanciato il suo nuovo progetto in questa direzione.

Questo ha creato un ottimo ambiente di studio a casa. Quando la mamma insegna, i bambini fanno anche i compiti. Le materie difficili, che non possono essere studiate senza l'aiuto di qualcuno, vengono lette con la mamma. Eseguono autonomamente compiti semplici e interessanti come la lettura, il disegno e la matematica. Shivalik affronta occasionalmente

problemi, ma è pieno di risorse. Cerca le soluzioni ai suoi problemi su Google. Non solo, aiuta anche la sorella Rashmi. Anche se Rashmi ha solo quattro anni, a volte si diverte a guardare i libri e scrive anche qualche lettera dell'alfabeto. Disegna anche alcune linee con matite colorate. E quando non è dell'umore giusto, lascia tutto e si siede. Non appena la lezione di informatica della mamma finisce, i bambini ballano molto e si sentono felici.

E il simpatico orsacchiotto Bhanu pensava: "Vorrei che questo piccolo robot diventasse mio amico". Lasciatemi provare. Allora imparerò anche qualche nuovo trucco matematico. Allora non mi annoierò mai.

Guarda, questi ragazzi si divertono così tanto a risolvere i problemi di matematica".

E Sara...? "Non lo so. Qual è l'intenzione di Bhanu? Credo che voglia diventare un ragazzo invece che un orsacchiotto". È quello che pensava Sara Doll.

Shivalik come mago

Nella calura estiva, sotto il cielo azzurro, se davanti a noi si trova un negozio di bevande.

Gelato, cola e caffè freddo sono divini. Ma, scusate la tosse da raffreddore, siate gentili.

Nel bel mezzo di vacanze estive così divertenti, i giorni passavano uno dopo l'altro, come un treno che aveva preso velocità. Così come si perde la cognizione di quando il treno espresso arriva alla stazione e riparte in un batter d'occhio, è difficile stabilire dove scompaiono i giorni di vacanza. Il mese di giugno sta per finire e le scuole per bambini riapriranno a luglio. La mamma si è resa conto che ci sono ancora molti preparativi da fare. La pandemia è terminata, quindi è possibile che le scuole non aprano nella prima settimana di luglio. Lasciamo che le scuole aprano quando vogliono, ma è necessario fare dei preparativi per i bambini e i genitori. Tutti i compiti: uniformi, compiti, progetti e chissà cos'altro?

"Oh, cos'è questo? L'avevo completamente dimenticato. È stato quando ho parlato al telefono con la madre di Rahul che mi ha colpito". Nel pomeriggio la mamma era seduta e pensava. Nella scuola di Shivalik, ogni anno, in agosto, si svolge una gara in maschera per i più piccoli in occasione del Janmashtami.

"Avevo deciso con fermezza che avrei fatto partecipare i miei figli. Se farò partecipare Rashmi l'anno prossimo, ma è essenziale che Shivalik partecipi questa volta. Perché l'anno prossimo la sua fascia d'età cambierà".

"Ogni anno, tutti i genitori sono cordialmente invitati a scuola per la festa del Janmashtami. Ogni volta che la mamma andava a vedere la funzione, i bambini con vari costumi la affascinavano. Ha anche pensato di portare un'idea favolosa e del tutto nuova, che non era mai passata per la testa a nessuno, e di preparare suo figlio Shivalik per quel ruolo".

"Beh, ci sono molte idee, ma la maggior parte sono state realizzate molte volte. Alcuni bambini diventano giornali, altri alberi.

Alcuni si comportano come ortaggi, come l'okra o il pomodoro rosso, mentre altri si trasformano in melanzane tonde e piene. Alcuni bambini diventano addirittura delle divinità: alcuni Ganesha, altri Shiva o addirittura il piccolo Krishna. Cosa può fare il bambino? Sono le mamme a proporre queste idee. Ma una cosa è certa: diventare un dio è la sfida più ardua. Mi stupisco solo a guardare". La mamma si è preoccupata pensando a questo. Poi pensò a Dio e pochi minuti dopo si addormentò. Dopo un po' si svegliò e ormai era sera. Era il momento di sbrigare le faccende domestiche.

Pensando in questo modo, arrivò la notte. Bhanu pensò che la mamma sembrava un po' turbata. Non so perché. Ha anche iniziato a pregare: "Oh Dio! Per favore, risolvete il suo problema".

La mattina dopo, dopo aver sbrigato tutte le faccende domestiche e aver fatto colazione, la mamma pensò: "Troviamo un buon libro da leggere". I suoi passi la condussero alla libreria. Dopo un po', trovò la soluzione tra le mani. Sì, aveva trovato un libro sullo scaffale, intitolato "101 trucchi di magia" e, proprio qui, le venne in mente: perché non far fare a Shivalik il ruolo di mago per il concorso in maschera? Un'idea fantastica che, secondo lei, era completamente nuova. Mentre iniziava a sfogliare il libro, la sua attenzione era rivolta a trovare alcuni facili trucchi magici che Shivalik, sei anni, avrebbe potuto imparare ed eseguire con successo sul palco.

Si dice che dove c'è una volontà, c'è un modo. Quando una persona si impegna con totale dedizione in una determinata direzione, anche il divino la sostiene. La mamma ha trovato tre facili trucchi di magia e li ha imparati da sola seguendo le istruzioni del libro. Poi ha insegnato questi trucchi ai piccoli Shivalik. Shivalik iniziò a interessarsi e la mamma si convinse che in pochi giorni sarebbe stato in grado di eseguire questi trucchi magici sul palco con successo. Poi, con l'aiuto della mamma di Rahul, hanno preparato anche un bellissimo vestito per il mago. Cappello, cappotto, pantaloni e scarpe del mago: un trucco completo alla Charlie Chaplin. L'intero piano era pronto nella sua mente. Ogni volta che Shivalik praticava trucchi di magia, Bhanu e Sara annuivano con approvazione. Finalmente arrivò il giorno della riapertura della scuola. Un giorno, quando fu organizzato un concorso in maschera, Shivalik partecipò. Si era esercitato diligentemente e il suo duro lavoro aveva dato i suoi frutti. Quando presentava i suoi trucchi di magia sul palco, il pubblico era in soggezione. Tutti si sono stupiti di come un bambino piccolo abbia mostrato trucchi magici con tanta abilità. Gli applausi scroscianti del pubblico hanno alimentato l'entusiasmo dei ragazzi.

Shivalik ha vinto il secondo premio del concorso. Quando Shivalik tornò a casa, mise il premio sulla sua mensola vicino a Sara. Bhanu e Sara guardarono amorevolmente prima il premio, poi Shivalik e infine l'altro, annuendo in segno di approvazione. Tutti in casa erano molto contenti.

Nei dintorni si sentiva la dolce nota del flauto di Krishna.

***

Sull'autore

Geeta Rastogi 'Geetanjali' è nata a Ghaziabad da padre Sh. Harichand Gupta e Smt. La casa di Rammurti Devi. È un'insegnante di professione. Si è laureata in Chimica e ha conseguito una laurea in Scienze dell'Educazione presso l'Università C.C.S. di Meerut. Oltre che in inglese, ha pubblicato i suoi lavori anche in scienze. Ha pubblicato il romanzo **"Kanak Kanak Te Sau Guni"** in hindi. L'arcobaleno colorato di **Bholu"** è disponibile anche in versione **inglese** , oltre che nella forma originale in hindi.

www.ingramcontent.com/pod-product-compliance
Lightning Source LLC
LaVergne TN
LVHW041538070526
838199LV00046B/1729